어서 오세요,
이곳은 에세이 클럽입니다

어서 오세요, 이곳은 에세이 클럽입니다

매일의 필사가 한 권의 책이 되기까지

초 판 1쇄 2025년 12월 12일

지은이 윤미영, 이영주, 서균화, 편희정, 전수민, 민정하, 황지현
펴낸이 류종렬

펴낸곳 미다스북스
본부장 임종익
편집장 이다경, 김가영
디자인 임인영, 윤가희
책임진행 김은진, 이예나, 김요섭, 안채원, 국소리

등록 2001년 3월 21일 제2001-000040호
주소 서울시 마포구 양화로 133 서교타워 711호
전화 02) 322-7802~3
팩스 02) 6007-1845
블로그 http://blog.naver.com/midasbooks
전자주소 midasbooks@hanmail.net
페이스북 https://www.facebook.com/midasbooks425
인스타그램 https://www.instagram.com/midasbooks

ISBN 979-11-7355-619-7 03810

값 **18,000원**

미다스북스는 다음세대에게 필요한 지혜와 교양을 생각합니다.

윤미영

이영주

서균화

편희정

전수민

민정하

황지현

어서 오세요,
이곳은 에세이 클럽입니다

매일의 필사가 한 권의 책이 되기까지

미단북스

시작하다
나의 이야기를 꺼내는 시간

필사하다
하루 한 줄이 이야기가 되기까지

출근하다
달콤 쌉싸름한 우리의 일터

함께 쓰다

새벽을 깨우는 선데이 에세이

기대하다

꿈꾸고 기대하며 나아가는 일

추천사

　이 책은 화려한 문장으로 독자를 감탄시키려 하지 않는 대신 있는 그대로의 일상과 마음을 글로 눌러 새긴 평범한 이들의 기록을 차분히 보여줍니다. 작가님들이 집필한 저마다의 글은 '쓰는 일은 곧 살아내는 일'이라는 사실을 잊고 지냈던 제게 다시 방향을 잡아주는 키가 되었습니다. 그래서 이 책을 저처럼 삶의 속도가 버거워 잠시 멈추고 싶은 이들, 반복되는 일상 속에서도 나만의 빛을 찾고 싶은 모든 어른에게 건네고 싶습니다. 글이 삶을 지탱하는 힘이 될 수 있다는 사실을 확인하게 되길 바라는 마음입니다.

　저는 매일 쓰는 사람입니다. 일상을 글로 담아내는 삶은 우울했던 저의 일상을 서서히, 하지만 놀라울 만큼 크게 변화시켰습니다. 글쓰기는 타인의 기준에서 벗어나 '나의 서사'를 회복하는 가장 온순한 방식입니다. 글을 쓴다는 건 자신을 더 선명히 이해하고 더 따뜻하게 살아가려는 사람들의 오래된 훈련입니다. 쓰는 동안 우리는 흔들리고 소란했던 마음을 바로 세우고 오래 밀어두었던 감정을 들여다보고 잊고 지낸 나의 목소리를 다시 듣게 됩니다. 지금처럼 각자의 속도가 지나치게 빠르고 비교와 평가가 일상이 되어버린 시대에는 자신의 삶을 스스로 적어 보는 경험이 그 어느 때보다 필요합니다.

책 속 따스한 이야기가 전하는 에세이 클럽으로의 초대에 흔쾌히 응하는 독자가 많아지길 기다리겠습니다. 어서 가보세요, 에세이 클럽으로.

이은경 부모교육전문가, '슬기로운초등생활' 대표

이 책은 작고 꾸준한 쓰기가 한 사람의 일상과 마음을 어떻게 변화시키는지 따뜻하게 보여주는 책입니다. 에필로그 에세이 클럽의 여정은 마치 교실에서 이루어지는 성장의 방식과도 닮아 있습니다. 매일의 작은 시도, 흔들림 속에서도 이어가는 실천, 서로의 글에 귀 기울이는 태도, 완벽보다 용기와 협력을 택하는 과정이 책 곳곳에서 고스란히 살아 흐릅니다.

특히 인상 깊은 점은 필사가 단순한 베끼기가 아니라 '나에게 돌아오는 여정'이라는 사실을 보여준다는 점입니다. 한 문장을 따라 쓰다 보면 오래 묻어두었던 감정과 잊고 지냈던 꿈이 되살아나고, 스스로도 몰랐던 회복의 힘이 자연스레 드러납니다. 그래서 이 책은 교사나 학생뿐 아니라 '나는 쓸 이야기가 없다'고 생각하는 이들에게도 가장 친절한 안내서가 됩니다.

이 책의 특별함은 글을 잘 써서가 아니라 '끝까지 쓰기'를 함께 해냈다는 데 있습니다. 필사로 마음을 열고, 매일 한 줄씩 삶을 기록하며, 새벽의 온라인 방에서 서로의 글을 들으며 포기하고 싶은 순간을 함께 건너온 사람들이 만들어낸 결과물입니다. 에필로그 에세이 클럽의 여정은 작은 습관이 얼마나 큰 가능성으로 이어지는지를 감동적으로 증명합니다.

거창한 철학이 없어도 사람은 누구나 글을 쓸 수 있다는 것, 작은 쓰기의 반복이 한 권의 책이 될 수 있다는 것. 이 책은 그 사실을 조용하지만 힘 있게 말해줍니다. 쓰기를 꿈꾸는 모든 이들에게 이 책을 기쁜 마음으로 추천합니다. 당신의 첫 문장은 생각보다 가까이 있고, 당신의 이야기는 생각보다 훨씬 더 아름답습니다.

이종관 교사 성장학교 대표 교사, 『초등 세계사 사전』, 『영화와 함께하는 세계사』, 『조선왕조여인실록』 저자

글쓰기는 우리 마음 가장 깊은 곳을 어루만져온 따뜻한 위로이자 기록입니다. 수많은 이들이 글을 쓰고 싶다고 생각하지만, 어디서부터 시작해야 할지 몰라 망설이거나, 혼자 쓰는 고독감에 지쳐 포기하고 맙니다. 『어서 오세요, 이곳은 에세이 클럽입니다』는 바로 그 망설임을 용기와 쓰는 습관으로 바꿔줄 세상에서 가장 따뜻한 안내서이자 여러분들의 손을 잡아줄 다정한 친구입니다.

이 책에는 7명의 작가들이 글쓰기를 통해 연대감을 형성하며 서로를 환대하고 우정을 나누는 과정이 담겨 있습니다. 자기 삶을 기록하고 서로 읽으면서 공유하는 시간은 스스로를 객관적으로 바라보는 거울이 되어 줍니다. 따뜻한 피드백과 응원은 글쓰기 과정에서 필연적으로 오는 고독감과 부담감을 덜어주는 최고의 해독제입니다. 글쓰기를 통해 진정

한 자기 회복을 꿈꾸고 인생 2막을 만들어가고자 하는 모든 독자에게 이 책을 강력히 추천합니다.

김원배 『꿈 대신 직업으로 말해볼게』, 『AI시대 중학생은 이렇게 진로를 찾습니다』, 『공부 잘하는 중학생은 이렇게 읽습니다』 저자

  나는 오래전부터 필사를 좋아해 왔다. 한 줄을 천천히 옮겨 적다 보면 마음이 고요해지고, 문장을 따라가는 동안 자연스럽게 내 생각도 자리를 잡는다. 그렇게 쓰는 시간이 내 삶을 다시 들여다보게 하는 순간이 되곤 했다. 그래서 선생님들이 함께 필사 글쓰기 모임을 꾸리고, 그 시간을 한 권의 책으로 묶어냈다는 사실이 더욱 특별하게 느껴진다.

  서두르지 않는 문장들, 서로의 경험을 조용히 지지해 준 시간, 그리고 글을 통해 이어진 온기가 책 곳곳에 스며 있다. '베껴 쓰기'라는 단순한 행위가 어떻게 자기만의 목소리를 조금씩 만들어 가는 과정이 될 수 있는지, 읽다 보면 자연스레 느껴진다. 필사는 정독의 기술을 넘어서 마음의 결을 고르게 하고, 자신의 경험을 더 깊게 바라보게 하는 방식임을 새삼 깨닫게 된다.

  결국 이 책은 읽는 이의 마음에도 조용히 자리를 내어 준다. 나 역시 세 번째 댓글에 한 줄 적어 넣으며 저자들과 마음을 나누고 싶어졌다. 이 책이 많은 분들에게도 그런 따뜻한 공감과 쓰기의 시작이 되어 주기를 바란다.

권희린 『까칠한 십 대를 위한 토닥토닥 책 처방전』, 『사춘기를 위한 문해력 수업』 저자

일요일 새벽 6시, 세상이 아직 잠들어 있을 때 깨어나는 사람들이 있다. 교사로, 엄마로, 아내로 치열하게 살아가는 일곱 명이 '나'를 되찾기 위해 선택한 방법은 바로 '함께 쓰기'였다. 책을 펼치면 단 한 줄의 문장이 어떻게 일상의 권태를 깨뜨리고, 묵혀둔 상처를 치유하며, 내일을 꿈꾸게 하는지 목격하게 된다. 같은 문장에 밑줄을 그으면서도 저마다의 다채로운 삶의 무늬를 직조해가는 '에필로그 클럽'. 서로의 글을 읽고 다독이며 '함께'의 기적을 만들어낸 이 다정한 세계로 당신을 초대한다. 이 책을 덮을 때쯤, 당신도 분명 무언가를 쓰고 싶어질 것이다.

송숙영 『십 대를 위한 역사 인문학』, 『미리 가보는 중학교』 저자

처음 이 책을 펼쳤을 때, 오래된 서랍을 조심스레 여는 기분이 들었습니다. 누군가의 마음속에 오랫동안 묵혀 있던 문장들이 조용히 책에 스며든 듯했습니다. '에필로그'라는 공간 안에서, 각자의 언어로 삶을 꺼내놓는 이야기들은 참 따뜻했습니다. 어느 글은 미소를 머금게 했고, 어느 글은 마음을 깊게 끄덕이게 했습니다.

이 책의 문장들은 솔직하고, 담백하며, 오래 마음에 남습니다. 일상이라는 작은 풍경 속에서 발견해낸 감정의 결들이 서로에게 잇대어지며 편안해집니다.

글을 쓰는 일은 결국 '나를 다시 만나는 일'임을, 이 책은 아주 조용한 방식으로 알려줍니다. 에세이가 누군가의 삶을 어떻게 비추고, 어떻게

회복시키며, 어떻게 연결되는지 확인하고 싶은 모든 이에게, 그리고 또 다른 글쓰기를 시작할 누군가에게 이 책을 건넬 수 있어 기쁩니다.

심효은 『나는 나에게 다정한 사람』, 『문을 열어보면』 저자

타닥타닥.

깊은 산속 우리집 구들방에 타들어 가는 썩은 나무의 소리입니다. 가볍고 말라 땅과 맞닿은 자기 생명을 다한 그 썩은 것들은 생을 증명이라도 하듯 깊고 굵게 패인 주름을 기록하고 떠나갑니다.

사각사각.

여기 그 나무들처럼 사라질 것이 살아 있음을 증명하듯

보이는 활자와 보이지 않는 활자로

손끝에서 백지 안을 빼곡히 채워나가는 사람들이 있습니다.

여전히 나에게 불편한 타자인 나의 민낯을 기록하는 것은 어쩜 불안과 두려움이란 거친 파도에 뛰어드는 여정이었을지도 모릅니다.

하지만, 그녀들은 '우리'라는 이름으로 함께 그 파도를 넘어섭니다.

이 책은 저에게 이렇게 말을 건네더군요.

필사 곧 말쓰기는 간접적인 자기표현인 것 같지만, 오히려 자기의 내밀함을 투명하게 타자의 글로 드러내는 직접적인 자기 표현이라고요.

아름답고 정갈하고 안전한 글쓰기의 한계를 넘어 투박하지만 진짜 얼굴을 내미는 시간.

오르고 떨어지고 오르고 떨어지기를 반복하는 에필로그의 파도 타기.

그 기록의 시간을 이제 만나보세요.

우리도 에필로그!

송정희 낭독학교 대표, KBS 성우

우리들의 에세이 클럽.

지난 봄 에세이 특강에서 이들을 만났다. 그 어떤 모임보다 설렜고 모임 후에는 오래 여운이 남았다. 오래 전이지만 나도 학교에 있었기 때문이었을까. 교육 현장에서 매일매일 치열하게 살면서도 글을 쓰고자 하는 마음을 놓치지 않고 모인 이들이었다. 쓰고자 하는 마음이 아름다웠고 그 마음을 오래도록 붙잡기를 진심으로 바랐다. 블로그에 이들의 글이 올라올 때마다 '아 멈추지 않고 가고 있구나.' 하며 내심 뿌듯했고 흐뭇했다. 그리고 몇 번의 계절이 지나 이들의 첫 책이 나온다는 소식을 들었다. 그동안 꾸준히 걸어왔음을 말해주는 증거이자 열매였다. 그러나 이 열매는 끝도 아니고 완성도 아니다. 이들이 프롤로그에서 말한 대로 이 책은 '여정'이며 '성장하는 글쓰기의 세계'다. 에세이 작가이자 에세이를 사랑하는 독자로서 〈에필로그 에세이 클럽〉의 여정을 응원하고 지지한다. 이들의 걸음이 어디까지 닿을지 모르지만, 그 길이 지속되기를, 서로가 서로에게 길이 되어주기를 소망한다.

임수진 『안녕, 나의 한옥집』 『방호수의 에세이 클럽』 저자

글은 쓰고 싶지만,
시작조차 하지 못한 당신에게

함께 쓰기를 시작했다. 모임 이름은 에필로그로 지었다. 세상엔 다양한 글쓰기 방법이 있지만 내게 가장 편안하고 좋은 방법이었던 필사 글쓰기를 모임의 기본 방향으로 정했다. 그러니까 에필로그는 에세이, 필사, 로그(기록)의 약자이다. 방법은 간단하다. 마음에 남는 문장을 따라 쓰고, 그 문장에 기대어 나의 이야기를 덧붙이는 것이다. 매일매일 해낸 이 작은 시도는 곧 우리를 꾸준한 쓰기의 세계로 이끌었다. 그건 해내야만 하는 부담스러운 일이 아닌, 조금씩 더 행복해지는 다정한 쓰기의 세계이다.

글을 쓰는 일은 칙칙한 일상을 다채로운 빛깔로 채워주는 마법 같기도 하다. 동시에 망설임이라는 것이 세트로 따라와 수시로 마음을 괴롭히기도 했다. 책을 많이 읽으면서도 읽은 것을 세상에 내어놓기까지는 꽤 많은 시간이 필요했다. 책을 읽을수록 오히려 잘 쓰는 작가의 글에 내 글을 자꾸 비교하게 되었고, 글을 쓰겠다거나 책을 쓰겠다는 목표는 수시로 힘을 잃었다. 주변에 책을 많이 읽는 사람일수록 자기 글로 나아가는 사람이 많지 않았던 것은 아마도 그 때문일 것이다. 그 망설임을 작아지게 한 것은 하루 한 줄 필사라는 아주 작은 시도였다. 에필로그의 글쓰기 방식은 우리 마음 안에 숨겨져 있던 글쓰기의 열망을 실천으로 나아가게 하는 문 같았다. 너무 오래도록 닫혀 있어서 벽이 있다고 생각했던 글쓰기와 책 쓰기의 세계라는 문을 '함께 쓰기'의 힘으로 활짝 열어 보았다.

에필로그 에세이 클럽의 운영 방식은 이렇다.

매일 읽으며 문장에 밑줄을 긋고 조용히 필사한다. 마음에 찾아온 작가의 문장에 나도 이런 경험이 있었노라며 나의 이야기를 꺼내어 글로 남긴다. 매주 일요일이면 선데이 에세이라는 글쓰기 시간을 열었다. 일요일 새벽에 온라인에 함께 모여 주어진 주제에 관해 30분 동안 타닥타닥 에세이를 썼다. 즉석에서 하는 30분 글쓰기를 하다 보면 아무 생각이 떠오르지 않을 때도 있었고 정돈되지 않은 생각이 이리저리 다른 방향으로 흐르기도 했다. 어떤 글이 되었든 우리는 모두 자기 글을 소리 내어 읽었고, 다정한 독자가 되어 서로의 이야기를 함께 들었다. 글이 잘 써지지 않았던 순간조차도 글이 잘 써지지 않음을 용기 내어 말하고 나면 또 다른 배움으로 이어졌다. 덕분에 혼자라면 멈췄을 순간에도 우리는 글쓰기를 계속 이어갈 수 있었다.

꽤 오랜 시간 비문학과 실용서 위주의 독서를 하던 나는 마흔에 이르

러서야 에세이를 사랑하게 되었다. 에세이 쓰기란 작가가 자기 삶을 사랑한 과정이 담긴 이야기이다. 작가가 깊이 사랑했고, 그래서 글로 옮기지 않을 수 없었던 이야기가 담긴다. 그 삶에 초대되어 작가의 이야기를 듣다 보면 어딘가에 꼭꼭 숨겨져 있던 나의 이야기도 자연스럽게 길어 올려진다. 다른 이의 문장에 기대어 나의 경험을 풀어내는 일은 곧 저자와 대화하는 방식이자, 스스로를 발견하는 여정이다. 그렇게 우리는 자신의 글 속에서 삶을 다시 바라보게 된다.

우리에게 글쓰기는 여전히 막막하다. 혼자일 때, 그 막막함은 배가 되어 자꾸 멈추게 만들고, 주저하게 한다. 다정하고 따뜻한 사람들과 함께 글을 쓰다 보면 서로에게 많은 것을 배울 수 있다. 우리는 흔들리면서도 서로를 붙잡아 주고, 꼭 안아주고, 용기를 준다. 글쓰기를 시작하는 이들에게 꼭 필요한 것은 그 무엇보다 함께 쓰는 친구이다. 안전한 사람들에게 둘러싸여 자기 이야기를 맘껏 꺼내 놓는 경험은 쓰는 사람을 부지불식간에 성장하게 한다. 덕분에 우리는 완벽한 글쓰기가 아니라 매일 조금씩 더 성장하는 아름다운 글쓰기의 세계로 향해 간다.

이 책은 그런 우리의 여정이다. 이 책이 우리의 기록을 넘어, 당신의 시작이 되기를 바란다.

함께 쓰면 글을 쓰는 과정을 즐기게 되고, 생각지도 않았는데 이 책처럼 출간의 결과물이 선물처럼 주어질 수도 있다. 그리고 그 가능성은 여러분에게도 활짝 열려 있다. 이 책을 따라 여러분의 이야기를 시작할 수 있기를, 그 이야기가 쌓여 각자의 책 쓰기를 시작하는 힘이 되기를 바란다.

윤미영 에필로그 에세이 클럽 리더

어서 오세요.
에필로그 에세이 클럽입니다.
"에세이는 내가 주인공이 되어 세상에 전하는 나의 이야기입니다."

내 이야기가 책이 된다면?

에세이 쓰기에 대한 로망이 있으신가요?
책을 쓰기 전 즐겁게 글을 쓰는 시간이 필요합니다.
함께 쓰면서 자신만의 이야기를 글로 써서 기록을 남겨 봐요.
서로의 삶을 나누는 다정한 시간도, 에세이가 될 글도 차곡차곡 쌓여갑니다.

이렇게 진행해요!

미션 1 글쓰기의 기본인 독서와 필사로 글력을 쌓아요.

책을 천천히 읽고 마음에 와닿는 문장을 선택해 필사합니다.
선택한 문장과 관련된 나의 일상이나 생각을 기록하고 링크를 단톡방에 인증
합니다.
서로 다른 문장을 접하며 독서의 효과가 배로 누리실 수 있어요.
완벽해지려고 하지 말고 매일 완수하세요.
매일 읽고 쓰되, 글의 분량이나 필사 방식은 자유입니다.

미션 2 매주 1편의 글을 쓰는 선데이 에세이로 오세요.

글쓰기가 책이 되기 위해서는 꾸준히 쓰는 시스템이 필요합니다.
일요일 새벽 6시에 정해진 주제로 함께 글을 써요.
정해진 주제로 30분간 글을 쓰고 낭독합니다.
모임 후 글을 다듬어 자신의 SNS에 쓰고 인증합니다.

미션 3 서로에게 독자가 되어 주세요.

비밀글만 쓰면 글이 늘지 않습니다.
댓글 쓰기는 읽기와 글쓰기 연습의 훌륭한 도구입니다.
톡방에서 매일 내 글 위의 두 분께 소통 댓글을 남겨 보아요.

Episode
1

시작하다

나의 이야기를 꺼내는 시간

글쓰기는 대단한 기술이 아닙니다.

오히려 마음을 꺼내는 작은 시작점에서 출발합니다.

함께 쓰기 전에 우리는 먼저 각자의 글쓰기 역사를 돌아봅니다.

글을 쓰고 싶다고 느꼈던 순간, 처음 펜을 들었던 기억을 꺼내보면

내가 왜 쓰려하는지, 글로 무엇을 전하고 싶은지가 조금씩 선명해집니다.

글쓰기 역사를 돌아보는 일은 결국,

나의 이야기를 다시 찾아가기 위한 작은 시작입니다.

이렇게 시작해요!

나에게 글쓰기란?

나의 첫 글쓰기 기억

함께 쓰자는 수줍은 고백

윤미영

한 줄 에필로그

자주 마음이 작아지는 혼자 쓰기에서 함께 쓰기로 나아가면서 쓰는 기쁨이 소복소복 쌓여간다. 이제 나에게 글쓰기란, 함께 쓰기다.

나에게는 돈이 한 푼도 들지 않는 취미 생활이 있다. 책을 읽고, 글을 쓰는 일이다. 자주 하다 보니 문득 깨달았다. 이렇게 즐거운 일에 비용이 거의 들지 않는다는 걸. 아들 셋을 키우며 휴직한 시간은 모두 7년. 재테크에도 약하고 경제 감각도 부족한 편이라 유일하게 위안 삼는 게 있다면 바로 '돈 들지 않는 즐거움'을 누릴 줄 안다는 것이다. 도서관에 가면 책은 얼마든지 읽을 수 있었고, 글을 쓰는 데는 노트와 펜이면 충분했다. 읽고 쓰기는 길고도 길었던 휴직 기간에 나를 지켜준, 정말이지 현명한 취미였다.

돌이켜보면 나는 오래전부터 글을 써 왔다. 어린 시절에는 엄마의 마음을 살피기 위해 편지를 썼다. 힘들고 속상한 표정을 짓는 엄마를 기쁘게 하고 싶었고, 편지는 내 마음을 전하는 좋은 도구였다. 삶이 고단해지면 울 것 같은 엄마의 표정을 순식간에 밝게 만들어 주는 마법의 지팡이 같기도 했다. 내 편지로 인해 삶이 지치는 순간에도 엄마가 용기를 내고 있다고 믿었다. 때로 글쓰기는 친구와의 갈등을 해결해 주기도 했다. 친구가 나에게서 멀어질 것 같으면 온 마음을 담아 편지를 쓰던 어린 시절. 그때의 나는 누군가의 마음을 붙들기 위해, 불안을 견디기 위해, 어쩌면 살아남기 위해 글을 썼다.

결혼하고 두 살 터울의 두 아이를 낳아 기르는 동안 주말부부를 해야했다. 그 시절에는 자주 억울한 마음이 들었다. 늘 열심히 살고 있었지만, 아무것도 아닌 날들이 반복됐다. 아이를 키우는 시간이 끝나지 않을 것 같았고, 돌덩이처럼 무거운 육아에서 남편은 열외라는 사실이 때로는 참기 힘들었다. 남편의 빈자리를 대신해 아이를 돌보러 와 주었던 친정엄마와는 갈등이 깊어졌다. 엄마에게 불만을 느끼는 내 모습이 싫었다. 도대체 마음이 왜 그러는지 나 자신을 이해하기가 힘들었다. 내 마음이 뭔지 모르겠고 죽을 만큼 답답할 때, 나는 다시 글을 쓰기 시작했다. 블로그에 〈치유하는 글쓰기〉라는 카테고리를 만들어 아무도 읽지 않는 감정의 쓰레기를 쌓아 두었다. 어찌 보면 쓸모없어 보였던 그 행동이 나에게 힘을 주었다. 쓰다 보면 상황을 이유 없이 감정적으로 해석하는 나를 객관적으로 바라볼 수 있었고, 고민하던 문제에 대해 자연스럽

어서 오세요, 이곳은 에세이 클럽입니다

게 답을 얻었다. 글을 쓰는 일은 마음을 정돈하고 삶을 다잡게 해주는 든든한 문제 해결사였다.

아이들이 자라는 동안에는 아이들의 빛나는 말과 행동을 기록하는 '마주 이야기'를 썼다. 아이의 말은 그대로 글이 된다는 이오덕 선생님의 책을 읽고 감동한 나는 아이의 서툰 말을 기록하고 그 말에 덧붙여 이야기를 썼다. 내 시선이 아니라 아이의 시선에서 하루를 정리하다 보니 어느 순간부터 내 이야기를 쓰는 일은 뒷전이 되었다. 그렇게 나의 기록은 소리 없이 사라졌다.

최근 5년 동안 중학교 1학년 학생들을 가르쳤다. 이 시기 아이들은 성적과 무관하게 자유롭게 배우는 시기를 보낸다. 덕분에 아이들을 평가하는 대신 다정한 관찰자의 눈으로 바라볼 수 있었다. 아이들의 생활을 기록해 주면서 '씨앗을 심는 사람'이 되고 싶다고 생각했다. 아이들의 인생에서 아름답게 자라날 말의 씨앗을 심는 사람. 그래서 긍정의 안경을 자주 꺼내 썼다. 아이들 하나하나 떠올리며 겉으로 보이는 투박한 행동 뒤에 숨겨진 그 아이만의 가치를 발견하려고 애를 썼다. 뾰족한 말과 행동 뒤에 숨겨진 아이들의 장점을 찾는 일은 교직 생활에서 새로운 의미를 발견하게 해 주었다. 한때는 모든 아이가 버겁게 느껴졌는데 이제는 자신만의 색깔이 있는 특별한 존재로 다가온다. 사랑하는 대상을 깊이 관찰하고 그걸 기록하는 과정이 곧 글쓰기의 과정이다. 알고 보니 교사로서의 기록 역시 글쓰기의 또 다른 이름이었다.

내 삶을 크게 바꾸어 준 글쓰기도 있었다. 불평하는 것이 일상이던 어느 날, 우연히 내 머릿속에 동맥류가 있다는 걸 알았다. 모든 삶엔 끝이 있다는 걸 깊이 깨달았다. 주어진 시간이 소중했기에 당장 불평하는 삶부터 멈춰야만 했다. 그때부터 매일 감사 일기와 모닝 페이지를 썼다. 매일 쌓아 올린 간절한 글들은 『오늘의 초록』이라는 첫 에세이로 이어졌다. 출간이라는 과정을 겪으면서 글쓰기에 대한 나의 애정은 더 깊어졌다. 책 한 권을 쓰는 일은 단숨에 되는 게 아니었다. 좋아하는 마음으로 시작했어도 무언가가 '될 때까지 쓰는' 지루하고 외로운 시간이 함께 따라왔다.

어설프게 첫 책을 냈지만, 내게 쓰기의 길은 계속 열려 있었다. 책을 쓰지 않는 사람은 있어도 한 권만 쓰는 사람은 없다고들 하는데 정말 그랬다. 하지만 두 번째 책을 쓰려니 갑자기 쓰는 일이 무척이나 무겁게 느껴졌다. 그때 생각난 것이, 함께 쓰기였다. 맛있는 음식을 보면 함께 나누고 싶은 사람이 떠오르듯, 어쩔 수 없이 함께 쓰고 싶은 사람들이 두둥실 떠올랐다. 글을 가지고 만나는 친구들이 있었으면 하고 바랐다. 그 마음이 힘껏 분 풍선처럼 커졌던 어느 날, 에필로그(에세이와 필사를 기록하는 모임)라는 이름을 짓고, 모임 모집 글을 썼다.

어서 오세요.
에필로그 에세이 클럽입니다.
에세이는 내가 주인공이 되어 세상에 전하는 나의 이야기입니다.

24

그건 함께 쓰자는 나의 수줍은 고백이었다. 각자의 이야기로 풍성하게 나누는 글 파티, 서로 다른 글을 가지고 만나서 각자의 이야기를 나누는 모임 에필로그를 그렇게 시작했다. 우리는 매일 좋은 문장을 필사하고 매주 일요일 새벽 글을 쓰기 위해 모인다. 자주 마음이 작아지는 혼자 쓰기에서 함께 쓰기로 나아가면서 쓰는 기쁨이 소복소복 쌓여간다. 이제부터 나에게 글쓰기란 함께 쓰기다.

> ↳ 댓글 1: 같은 취미를 가진 우리들이 만나 함께 글을 쓴다는 것 자체로도 큰 즐거움이 됩니다. 소중한 인연입니다.
> ↳ 댓글 2: 함께 쓰자는 팀장님의 수줍은 고백이 고백이 첫사랑에게 받은 고백처럼 설레고 행복했습니다. 제가 에필로그 모임 멤버라는 것이 참 자랑스럽습니다.
> ↳ 댓글 3: _____

내 인생의 글쓰기

민정하

한 줄 에필로그

누군가와 같이 글을 쓴다는 건 처음으로 함께 하는 것들이 많아진다는 것을 의미한다.

사각사각. 종이에 잘 깎은 연필로 무언가를 써 내려갈 때 나는 소리. 타닥타닥, 손가락으로 자판을 두드릴 때 나는 소리가 때때로 라디오에서 흘러나오는 익숙한 노래 같을 때가 있다. 소리에 맞춰 흥얼흥얼 목소리도 내보고 발가락 리듬도 타본다. 고등학교 시절, 라디오 프로그램에 사연을 보내고 야간자율학습 시간에 선생님 몰래 이어폰을 끼고 보낸 사연이 소개되길 기다리며 시간을 보냈다. 디제이가 읽어주던 다른 사람의 이야기를 들으며 울다가, 웃었다. 그러다 보면 지루하던 시간도 금방 흘러갔다.

그 시간은 나만의 반창고였다. 입시의 고단함과 뜻대로 되지 않는 현실이 주는 괴로움이 날을 세워 마음에 조금씩 생채기를 낼 때, 상처가 쓰라리지 않게 보호막처럼 감싸주는 반창고. 라디오에서 흘러나온 사연들이 모여 세상에는 너 혼자만이 아니라고 다독여 주었다. 지금은 라디오에 사연을 보내는 대신 때로는 연필로, 때로는 자판으로 글을 쓴다.

　그전에는 마음이 힘들 때마다 책장 정리를 했다. 굳이 잘 꽂혀있는 책들을 다시 꺼내 번호대로 정리하고 위치도 바꾸었다. 머릿속이 터질 듯한 날에 마음을 가라앉히기 위한 나름의 방법이다. 하지만 어둠의 장막이 드리워지면 다잡았던 마음이 다시금 요동치기 일쑤였다. 내일을 위해 침대에 누웠지만 잠은 오지 않는다. 생각이 꼬리를 물고 이어지기 시작했다. 그렇게 시간이 흘러 새벽을 맞이하는 날들이 쌓이기 시작했다. 15년 가까이 초등학교에서 아이들을 가르치며 바쁜 일상 속 워킹맘으로 정신없이 살아오다 3년 전, 남편의 전근으로 도쿄로 왔다. 낯선 이방인 생활은 순간순간이 도전이었다. 생전 처음 해보는 외국살이는 설렘보다는 두려움으로, 기회보다는 나를 증명해야 하는 시험처럼 느껴졌다.
　그러다 에세이 클럽인 에필로그를 만나게 된 것이 본격적인 글쓰기의 시작이었다. 이때부터 잊고 있던 표현 본능이 깨어났다. 초등학교 4학년 때, 숙제로 써 간 독후감이 담임선생님의 눈에 들어 문예반에 들어간 것을 시작으로 대회에서 제법 많은 상을 받았다. 수상 자체도 기뻤지만, 글을 쓰는 시간이 그저 좋았다. 항상 공책에 무언가를 끄적이고 싶었다. 게다가 삶에 지쳐 표정이 없던 어머니께서 유일하게 활짝 웃으셨던 때가 쓴 글을 읽어드렸을 때다. 그것은 내 존재가 빛을 발하고 있다는 증거였다. 힘든 시기, 새벽에 들었던 라디오처럼 무엇인가를 쓴다는 것은 늘 곁에 있었다. 모임에서 사람들을 만나 마음속 담아두었던 이야기를 라디오 사연 보내듯 꺼내 나누면 불안했던 마음이 조금씩 가라앉기 시작했다. 선생님들과 함께 자신을 담아내며 마음속 무거운 짐을 뒤로하고 위로 떠올라보고 싶은 욕망에 몸을 맡기고 헤엄쳤다.

시간이 흐를수록 쓰는 순간이 행복해졌다. 손가락이 아플수록 마음이 편해졌다. 속에 단단한 똬리를 틀고 있던 묵은 감정을 내보내 마주하고, 아직도 서러워하는 내면 아이도 손잡고 데리고 나와 토닥이며 안아줬다. 어둡고 무거운 감정을 가만가만 두드려 주었다. 글쓰기는 힘든 기억을 나름대로 운치 있는 추억으로 만들어 주는 신기한 힘을 가지고 있다. 존재감을 끊임없이 증명해야 행복을 느낄 수 있었던 어린 시절이 있었다. 그 시절은 마치 소설 속 주인공이 겪는 의미 있는 고난이자 낭만 같았다. 글을 쓴다는 것만큼 근사한 포장지는 그 어디에도 없을 것이다.

때때로 글을 쓰다 만나게 되는 오래된 행복이 있다. 지금 마음을 채우고 있는 감정 중 일부는 실은 과거에 이미 경험한 적이 있는 오래된 행복들이다. 다만 잊고 지나쳤던 경험일 뿐. 과거라는 이름표를 붙이고 기억의 끝자락에 묻혀 있었지만, 미래로 떠나 잊고 있었던 소소한 행복과 즐거운 추억이다. 노을이 지던 둑에서 아버지 손을 잡고 까만 박쥐를 본 기억이 갑자기 떠올랐다. 생전 처음 만난 박쥐가 신기하기도 했고, 아버지와 맞잡았던 손은 참 부드럽고 따뜻했다. 후덥지근한 바람이 너무 부드러워 그 순간만큼은 어떤 불안도 없이 평온했다. 그 소중한 조각들을 찾아서 모아보는 시간이 바로 글을 쓰고 나누는 때다. 그 기억들은 혼자 글을 쓰다 마주하기도 하고, 글 나눔의 시간에 불현듯 떠오르기도 한다. 이 추억이 나를 안아주고 위로해 주고 미소 짓게 한다. 아마도 나는 글을 쓰는 동안 오래된 행복을 몇 번은 더 마주할 것이다.

함께 글을 쓸 수 있는 선생님들을 만나 더 이상 외롭지 않을 글쓰기. 누군가와 같이 글을 쓴다는 건 처음으로 함께 하는 것들이 많아진다는 것을 의미한다. 함께 책을 읽고 보물찾기하듯 필사할 문장 찾아보기. 일요일 새벽에 졸린 눈 비비고 일어나 글을 쓰고 나누어 보기. 서로를 응원하며 안아주기. 늘 혼자였던 글쓰기는 이제 같이 갈 동료를 만나 또 다른 색을 빛내고 있다. 서로의 이야기를 엮을 글쓰기가, 또 나만의 글쓰기 인생이 어떤 색으로 물들어 갈지 궁금하다. 다만 한 가지 확실한 건 더 이상 과거의 무게에 짓눌리지 않는 자유롭고 순수한 자신만의 글쓰기가 될 것이라는 점이다.

↳ 댓글 1: 선생님의 따뜻한 글을 매주 만날 수 있어 너무 좋아요. 함께 글을 쓸 수 있다는 것이 너무 행복한 요즘입니다.

↳ 댓글 2: 저는 화가 나고 힘들 땐 이불 뒤집어쓰고 누워 자는데, 글쓰기로 다독이며 반창고 같다는 표현이 참 귀엽고 와닿는 거 같아요.

↳ 댓글 3: _____

어서 오세요, 이곳은 에세이 클럽입니다

삶에 위로를 전하는 글쓰기

전수민

한 줄 에필로그

글쓰기는 나를 알아가는 과정이며 내면과 나누는 은밀한 대화이자
타인과 소통하는 매개체이다.

눈이 내리던 날 손바닥에 떨어진 맑은 눈 결정체는 너무 아름다웠다.
여섯 살짜리 꼬마는 집에 들어와 자그마한 손으로 연필과 종이를 꺼내
적기 시작했다. 하늘에서 눈이 내리고 있고, 그 눈이 보석인 줄 알았다
는 두 문장을. 한글을 뗀 지 얼마 안 되었을 때라 자연이 주는 감흥을 뭐
라도 쓰고 싶었던 게다. 이 장면이 내가 기억하는 최초의 글쓰기이다.
엄마는 글을 수정해 주는 대신 따뜻하게 칭찬해 주셨다. 만약 그날 틀린
맞춤법을 고쳐주셨다면 첫 글쓰기는 좌절로 기억되었을지도 모른다. 엄
마는 글 쓰는 기쁨을 '행복한 성취'로 느끼게 해주신 현명한 분이었다.
생각을 글로 표현할 수 있다는 신기한 경험은 말이 서툴렀던 나에게 날

개를 달아주었다. 그래서일까. 여전히 말보다 글이 편하다.

　일기가 주된 글쓰기 활동이었던 초등학교 저학년 때는 솔직한 글을 쓰기 어려웠다. 숙제라서 더 재미없었던 것 같다. 글쓰기가 즐거워지기 시작한 건 4학년 때 차향선 선생님을 만나면서부터였다. 선생님을 만난 건 크나큰 행운이었다. 일기뿐만 아니라 다양한 종류의 글을 써 보는 본격적인 훈련이 시작되었다. 메말랐던 글에 살이 붙고, 장식이 달리기 시작했다. 논설문을 고쳐 쓰며 논리적 사고를 키울 수 있었고, 동시를 써 보며 사람의 마음을 건드리는 법도 알게 되었다. 선생님께서는 매일 아침『현복이의 일기』를 한 편씩 읽어주셨다. 현복이 오빠의 글을 통해 세상을 어떻게 바라봐야 하는지, 어떤 표현이 사람을 감동하게 하는지 어렴풋이 느끼게 되었다. 일상을 단순히 나열하기에 그쳤던 글이 조금씩 풍성해지기 시작했다. 잘 쓴 일기에 찍어주신 예쁜 별 도장과 댓글을 받고 싶어 더 다양한 방법으로 써 보려고 노력했다.

　선생님은 독서 교실과 각종 글짓기 대회에 참가할 소중한 기회도 주셨다. 모 고등학교에서 주최했던 백일장 주제인 '나를 기쁘게 하는 것들'은 아직도 기억난다. 그 대회에서 엄마의 수술 이야기로 상을 받는 행운을 누렸다. 글쓰기 훈련이 가져다준 열매임이 분명했다. 난 여전히 믿고 있다. 선생님의 배려와 응원 덕분에 폭발적인 글쓰기 성장을 이루었고, 그때의 실력으로 지금까지 글을 쓰고 있다는 것을. 초등학교 졸업식 날, 선생님은 누구에게 보여주기가 아닌 너를 위한 글을 쓰라고 하시며 열

쇠 달린 비밀 일기장을 선물해 주셨다. '나를 위한 글쓰기'가 시작된 순간이었다.

계속 글을 썼다. 힘들고 지칠 때, 화가 나서 미칠 것 같을 때, 하늘을 날 것처럼 기분 좋을 때, 하루에도 열두 번씩 오르내리는 사춘기의 다양한 감정을 일기장에 쏟아 내며 성장했다. 중학교 때는 누가 시키지도 않았는데 독후감 노트를 마련해 독서 기록도 남겼다. 강제성을 띠는 숙제도 남에게 보여주기 위한 것도 아니었지만 계속 무언가를 썼다. 비밀 일기는 태교 일기로, 다시 두 아이의 육아일기로 바뀌어 갔다. 한마디로 기록하지 않으면 못 배기는 삶이었다. 글은 내가 살아있음을 느끼게 해주는 증거였고, 존재 이유였다. 그러나 삶은 늘 일정하게 흐르지 않았다.

열심히 쓰던 육아일기는 아이들이 청소년 시기로 접어들자 멈춰섰다. 세월은 나보다 늘 저만치 앞서가는 듯했다. 직장 생활과 육아에 지쳐 집안일하다가 졸기 일쑤인 중년의 아줌마가 되었다. 어느 순간 글도 나도 사라져 버렸다.

다시 글을 쓰기 시작한 날은 아이러니하게도 우울 증세로 시름시름 앓던 어느 날이었다. 영상에 중독되어 하루 종일 핸드폰을 들여다보다가 이렇게 살아서는 안 되겠다는 생각이 불현듯 들었다. 이불을 박차고 일어났다. 그리고 방학 때마다 끄적거리다가 방치했던 블로그를 열어 다음과 같은 제목의 글을 썼다. '#1 닥치고 매일 글쓰기'. 나는 살고자 다시 글을 쓰기 시작했다. 자신에게 던지는 비속어 제목으로 무조건 글을 쓰라는 명령을 내렸다. 제목 앞에 숫자를 붙인 건 언제까지 글을 쓸 수 있을지 지켜보자는 의미도 있었지만 앞으로 나아갈 힘을 얻고자 함이었다. 매일 뭐라도 썼다. 내 안의 응어리를 토해내듯 썼다. '1'이 '100'으로 바뀌었던 그날을 잊을 수 없다. 100일을 자축하며 결심했다. 앞으로 남은 인생은 글 쓰는 삶을 살기로.

  어느새 비속어 제목은 사라졌고, 번호도 멈추었다. 숫자를 매기지 않아도 글쓰기가 자연스러운 일상이 되었기 때문이다. 습관은 많은 것을 변화시켰다. 글을 매일 써야 했으므로 아이들과 남편에게 곤두서있던 레이더를 일상과 자연 탐색에 사용하기 시작했다. 쓸 소재를 찾아야 했기에 틈틈이 주변을 관찰하느라 바빴다. 퇴근하고 돌아와서도 집안일은 대충 해놓고 컴퓨터 앞에 앉아 글을 쓰느라 우울할 시간이 없었다. 잔소리할 시간도 부족해 가족과 사이가 좋아졌다. 소속된 교사 모임에서 주최한 '브런치 작가 되기' 이벤트에도 도전했다. 문화상품권 3만 원을 꼭 받고야 말겠다는 욕심에서 시작한 일이었지만, 브런치 작가가 된다는 것은 첫 번째로 통과해야 할 '관문' 혹은 글을 계속 써도 좋다고 허락하는 '자격증' 같은 것이었다.
  결과는 성공이었다. 누구나 열 수 있는 작은 문 하나를 연 것에 불과했지만 출간 작가가 된 것처럼 기뻤다. 작가라는 타이틀은 신명 나게 글을 쓸 수 있게 해주었다. 정기적으로 쓴 미술 수업 관련 글을 보고 교육

출판사에서 연락이 왔다. 난생처음 미술 교사 이야기로 인터뷰하는 경험을 하기도 했다. 그림 감상 브런치북과 매거진을 꾸준히 발행해 '인문·교양 분야 크리에이터' 배지도 받았다. 매일 글쓰기는 나를 여기까지 데리고 왔다. 소수의 독자, 소소한 행복과 미소, 삶의 활력을 되찾게 된 건 그야말로 '덤'이었다.

　글쓰기는 나를 알아가는 과정이며 내면과 나누는 은밀한 대화이자 타인과 소통하는 매개체이다. 은밀하면서도 공개적인 오묘한 글쓰기와 사랑에 빠져버렸다. 나는 잘 알고 있다. 이렇게 매일 글을 쓴다고 유명 작가가 될 수 없다는 것을. 천부적인 재능을 타고나지 않았다는 것도. 그럼에도 계속 글을 쓰고 있고, 쓰겠다고 다짐하는 것은 글쓰기가 삶이 일부가 되었기 때문이다. 글쓰기가 가져다주는 행복은 말할 것도 없다. 평범한 사람의 평범한 글로 비슷한 처지에 있는 사람들의 마음을 보듬을 수 있다면 참 좋겠다. 우리의 삶은 별것이지만 또한 별것 아니라는 메시지로 힘과 위로를 전할 수 있다면 더 이상 바랄 것이 없겠다.

↳ 댓글 1: 학창 시절 운명 같은 선생님을 만나 글쓰기와 함께 성장하셨네요. '사람의 마음을 건드리는 법'이라는 표현에 한참 머물게 됩니다.

↳ 댓글 2: 여섯 살 때부터 예사롭지 않으셨군요. 글쓰기를 사랑하게 된 여정과 그 여정 속에서 만난 사람들, 끊임없이 도전하는 마음이 인상 깊어요. 별것이지만 또 별것 아닌 삶이 주는 위로와 응원 잘 받아 갑니다.

↳ 댓글 3:

_____

어서 오세요, 이곳은 에세이 클럽입니다

글쓰기는 내 마음의 정수기

편희정

한 줄 에필로그

글쓰기는 상처받은 내 과거를 떠오르게 했고 위로했으며, 정수기 같이 내 감정을 맑게 걸러주었다.

강요받은 글쓰기는 항상 어려운 숙제였다.

초등학교 시절 한글날 세종대왕님께 감사하다는 내용의 뻔한 글짓기, 어버이날 부모님께 감사하다는 상투적인 편지 쓰기, 스승의 날 식상한 감사 편지 쓰기, 국군장병에게 틀에 박힌 위문편지 쓰기 등. 날이면 날마다 오는 기념일의 글짓기는 해마다 같은 내용의 반복으로 변함이 없었다. 누구나 다 아는 내용, 누가 썼는지 이름만 바꿔도 다 글쓴이가 되는 내용이었다. 그리고 매일 일기 쓰기가 숙제였고 선생님께 검사를 받아야 했다. 생각해 보면 글쓰기 시간은 많았지만, 선생님께서 분필로 칠판에 제목을 적고 나면 나머지 시간은 나 혼자만의 외롭고 힘든 사투였다. 하얀 백지 위에 내 생각을 보이게 하는 것은 매번 머릿속을 하얗게 만드는 어려운 숙제였다. 나는 소심한 아이였고, 부끄러움이 많았기에 내 생각과 마음을 보여준다는 것이 싫어서 숨기고 싶었다. 그래서 글을 짓는 시간은 망망대해에 쪽배를 타고 있는 것처럼 불안하고 초조했다.

어느 날은 과학 글짓기 숙제가 있었다. 나는 또 끙끙. 집에서 숙제를 하는데 멈춘 것 같던 시간이 점점 흘러 어느새 밤이 깊어졌다. 숙제를 안 하면 손바닥을 맞는 시절이라 나도 모르게 잠들어 아침이 올까 봐 어쩔 수 없이 원고지를 채워내고 자야 했다. 그래서 우수한 글짓기 수상 모음집에서 여기저기 문장들을 뽑아 편집해서 썼다. 다음날 학교에선 양심에 찔려 더 소심하게 움츠려 있었다. 지금 생각해 보면 창작이란 기존에 있는 것을 재구성 재편집하여 새롭게 하는 것도 될 수 있기에, 그때 초등학교 시절에 움츠려 있던 나에게 "괜찮으니 어깨 펴."라고 말해주고 싶다. 아무튼 반장이라는 후광 때문인지 편집한 덕분인지 나는 우리 반 대표로 글짓기 선수가 되었다. 그 숙제가 선발의 용도인지 전혀 몰랐다. 그렇게 선수로 뽑히는 것이었으면 차라리 숙제 안 하고 손바닥을 맞는 것이 나았다. 자신이 없었으니까. 글짓기 수상 모음집 없이는 벌거벗고 대회에 나가는 느낌이랄까? 그렇게 반 대표끼리 방과 후에 모여 학교 대표로 동시 짓기 연습을 했다. 선생님께서는 계속 시제를 내주셨고, 학생들은 시간 안에 써내야 했다. 지도 선생님께서는 그 자리에서 읽어보시면서 잘 썼다 못 썼다 정도만 평가하셨지 구체적인 피드백은 없었다. 답답했다. 지금도 그때 남아서 연습했던 시간의 장면이 머릿속에 남아 있다.

제목은 길. 지금 '길'이라는 제목으로 시를 쓰라고 해도 자신이 없을 만큼 참 어려운 단어 같다. 초등학교 때의 나에게 또 위로해 주고 싶다. "이건 누구에게도 어려운 주제야. 괜찮아. 어려운 건 당연한 거야. 잘 못 써도 돼. 잘 못 썼다고 부끄러워 안 해도 돼." 아직도 그때 지은 1연이 생각난다.

「할머니 댁은 꼬불꼬불 울퉁불퉁 논밭 길

큰아버지 댁은 쭉 뻗은 매끄러운 아스팔트 길」

그렇게 비유나 상징 없는 직관적인 길을 표현했다. 선생님께서 보시고 빵! 웃음을 터뜨리셨다. 저번 과학 글짓기와 느낌이 너무 다르다고 하셨다. 양심에 찔렸다. 정말 대회는 안 나가고 싶었다. 그런 위축되고 무거운 마음으로 동시대회를 나갔고, 장렬히 아무 상도 받지 못했다. 이렇게 생각과 감정과 느낌을 표현하는 것이 서투르고 부족했다.

스무 살, 성인이 되었다. 버킷리스트라는 말이 유행처럼 나돌았다.

나도 유행에 뒤처질세라 버킷리스트를 작성해 보았다. 학창 시절 창작 글쓰기가 두려웠던 나는 책을 내자는 목표를 세웠다. 그때 왜 그런 생각이 들었는지 모르겠다. 그땐 이곳저곳 열심히 쫓아다니며 배우고 자기 계발하기에 바빴다. 그러다 보니 내 이름으로 된 책 한 권 내보는 게 왠지 멋있어 보여서 그랬던 거 같다.

서른 살, 직장을 잡고 20년 동안 열심히 바쁘게 일해오면서도 버킷리스트의 출간은 왜 까먹지도 않는지. 계속 밀린 숙제처럼 글을 써서 책을 내야 한다는 것은 내 머릿속, 가슴속에 남아 있었다. 학교에서 학생들을 가르치다 보니, 학생들을 위한 개념서가 만들고 싶어졌다. 막연하게 출간하고 싶다는 생각이 구체화 되어 머릿속에 맴돌았다. 그런데 생각은 있어도 매일 바쁜 일상 속에서 글을 쓰기란 쉽지 않았다.

그런 내 머릿속을 맴돌고 있는 글쓰기를 실현하고 싶어 에필로그 에세이 클럽에 가입했다. 처음에는 매일 책을 읽고 필사를 하고 단상을 쓰는 일이 다시 초등학교 때로 돌아가 글짓기 숙제를 하는 것 같았다. 그런데 느낌이 전혀 달랐다. 초등학교 때는 형식적이고 가식적인 영혼 없는 글쓰기였다면, 필사 문장과 이어지는 내 삶의 단상을 쓴다는 것은 솔직하고 진심인 글로 스스로를 위로하고 감정을 확인하며, 나를 돌보는 시간이었다. 그런 시간들이 쌓이니 내면도 단단해지고 있다는 것을 느꼈다.

다양한 책들을 읽는 것은 그 작가의 이야기에 공감하며, 내 삶의 단상으로 연결 지어 바통을 받아 이어 쓰는 느낌이었다. 그리곤, 나만이 아니라 누구나 또 대부분이 경험하거나 생각하는 일이라는 것에 세상을 살아가고 있는 지금과 미래가 외롭지 않겠다는 생각이 들었다. 때론 실수를 하는 날에는 후회되고 괴로운 느낌으로 무기력함이 나를 짓눌러 누워 있는 것 빼고는 아무것도 할 수 없었다. 그런데 에필로그 에세이 클럽 덕에 책을 읽고 필사하고 단상을 쓰니, 내 속의 찌꺼기들을 토해낸 듯 속이 편해졌고 나를 짓누르던 무기력감도 걷혀갔다. 그렇게 글쓰기는 상처받은 내 과거를 떠오르게 했고 위로했으며, 정수기 같이 내 감정을 맑게 걸러주었다. 그래서 나에게 글쓰기는 이제 더 이상 밀린 숙제나 강요가 아니다. 내가 존재함을 인식시켜주고 나를 성숙하게 하는 시간, 그리고 자유다.

> ↳ 댓글 1: 저도 예전 억지로 썼던 글쓰기 숙제가 떠올라 미소 지어졌어요. 글쓰기가 위로를 주고 감정을 맑게 걸러준다는 말에 깊이 공감하며, 앞으로도 글쓰기 속에서 성장과 자유를 얻기를 응원합니다.

> ↳ 댓글 2: 글쓰기가 마음의 정수기라니, 어쩜 이렇게 찰떡같은 비유라니요! 글을 쓰면서 마음이 맑아지는 기분을 느껴본 적이 있는 사람이라면 아마 다들 공감할 것 같아요! 마음 정화를 위해 제 글 쓰러 갑니다~

> ↳ 댓글 3:

_____

글쓰기에 닿기까지

서균화

한 줄 에필로그

사람은 온전했던 자기 자신으로 돌아가고 싶어 하는 존재다. 쓰기는 온전한 자신으로의 치유와 회복에 어마어마한 힘을 발휘한다.

작가가 되고 싶었던 것은 책 속 인물에 대한 동경 때문이었다. 『작은 아씨들』의 조가 자신의 꿈을 "책들이 가득 쌓인 공간에서 글을 쓰는 것"이라 말하는 장면이 있다. 그 대사는 불안한 10대를 두근거리게 했다. 조의 꿈은 어느새 나의 꿈이 되었다. 그러나 꿈이라는 말이 무색하게 정작 현실에선 읽기에만 몰두했다. 글쓰기는 막연하고 몽상적인 바람이었다. 그저 '언젠가는'이라는 듣기 좋은 말로 달랬을 뿐이다. '언젠가는'이라는 말은 마약 같다. 미래의 어느 순간 이루어질 것 같은 기대와 착각을 주기 때문이다. 누구에게 들킬세라 마음 한구석에 간직한 채 미래의 나에게 계속 미루기. 부끄럽지만 이것이 글쓰기를 대하는 나의 태도였다.

울림을 주는 문장을 만나면 간직하고 싶었다. 문장에 대한 탐닉은 필사로 이어졌다. 필사의 시간은 문장이 나를 해방하는 시간이었다. 『월든』을 읽는 동안, 호숫가에서 소로우와 산책했고, 그가 들려주는 문장을 받아 적느라 손목이 아플 지경이었다. 데카르트의 『방법서설』을 읽을 때는 데카르트가 이렇게 재밌는 사람이었나 감탄하며 이해하지 못하는 문장들을 삼켰다. 톨스토이와 도스토옙스키 등 러시아 문호에 대한 애정은 그들의 책을 밤새 읽고 따라 쓰게 했다. 『안나 까레리나』의 첫 문장을 적으면서 그 짧은 문장 속에 나타나는 통찰에 전율했고, 이성복 시인님의 "살아가는 징역의 슬픔으로 가득한 것들"(「아, 입이 없는 것들」 중에서)이라는 문장에 붙들려 멈추어 숨죽여 울었다. 필사 노트는 쌓여갔고, 소중하게 간직했다가 버리는 것을 반복했다.

하지만 좋은 문장은 글쓰기의 용기를 앗아갔다. 높은 검열로 인해 글쓸 용기는 점점 멀어져 간 대신, 읽고 싶은 욕심은 끝없이 높아갔다. 읽기를 향한 열망만큼 책이 나를 바꾸길 원했다. 읽었던 글들이 나에게서 스며 나오길 바랐다. 하지만 아무리 읽어도 변하지 않는 나와 민낯으로 만나게 되었을 때, 읽기의 즐거움은 옅어졌다.

읽기가 떠날수록 무기력해졌다. 다시 일어나고 싶은 마음은 파도처럼 왔다가 사라지곤 했다. 그런 마음들이 차곡차곡 쌓여서였을까? 어느 날부터 일어나서 앞으로 내딛고 싶었다. 변화하고 성장하며, 남은 삶을 재미있고 온전하게 살고 싶었다. 그러나 혼자 일어설 에너지는 부족했나

보다. 마음은 앞서갔지만, 변화는 쉽게 따라주지 않았다.

주저하고 머뭇거리다 결심했다. '스스로 할 수 없다면 누군가에게서라도 힘을 얻자. 지금 여기에서 재미없다면 재미있는 곳으로 가자. 열심히살 에너지가 없으면 열심히 사는 사람들 곁으로 가자!' 나는 행동했다. 내가 아는 가장 긍정적이고 진취적인 사람들이 많은 모임에 무작정 참여했다. 그리고 에세이 클럽 소모임에 들어가 글쓰기를 시작했다.

지금 나는 쓰기와 읽기를 일상의 중심축으로 세우려 한다. 읽기가 다시 친구가 되었고, 쓰기를 견고하게 다지려 노력 중이다. 같은 읽기라도 쓰기에 무게 중심이 옮겨진 읽기는 다르게 다가왔다. 읽기의 새로운 지평선이 펼쳐진 것이다. 글쓰기는 본질에 좀 더 깊숙이 다가갔다. 글을 쓰는 시간은 오롯이 몰입하고 집중하게 했으며, 숨겨 두었던 것들을 차분히 마주하게 했다. 겉으로 드러난 표면적인 것들을 넘어, 미처 의식하지 못했던 생각과 감정의 뿌리까지 닿게 했다. 글을 쓰면 결국 나를 보게 된다. 지긋이 바라본 내면으로 다시금 바깥을 바라보게 한다. 한 편의 글을 쓴다는 것은 자기 안으로 여행하는 것이다. 여행한 후의 나는 분명 이전과는 다른 사람이다. 또한 내 안으로 여행하지만 내게만 머물지 않는다. 글을 쓰면 타인과 연결되고 내 세계가 확장된다. 작고 여렸던 세계가 넓어지고 단단해짐을 느끼면서.

나에게 쓰기는 치유이고 성찰이며 성장이고 꿈이다. 그냥 읽기만 했다면 회복이 더뎠을 것이다. 지금도 여전히 회복 중이며 아마 이 회복은 평생에 걸쳐 이루어질 듯하다. 사람은 온전했던 자기 자신으로 돌아가고 싶어 하는 존재다. 쓰기는 온전한 자신으로의 치유와 회복에 어마어마한 힘을 발휘한다. 또한 혼자보다 소통하며 함께 쓰기가 더욱 힘을 발휘한다. 이렇게 말할 수 있는 이유는 함께하는 강함을 짧게나마 경험했기 때문이다. 함께 글 쓰는 시간은 서로의 이야기를 경청하게 한다. 누군가의 문장에서 나를 발견하기도 하고, 내가 쓴 글이 누군가에게 닿기도 한다. 그렇게 우리는 '글벗'이 되어 갔다. 쓰고 나눌 때마다 서로를 응원하고 환대하는 마음이 커졌다. 그런 마음이 조금씩 이전보다 나은 방향으로 나를 이끌었다.

누구나 쓸 것 같은 평범한 글을 쓰는 부끄러움은 여전하다. 그러나 부끄러워도 계속 쓰며 진심으로 즐길 수 있는 용기가, 살아온 세월만큼 나에게 있길 바란다. 언젠가는 나만이 쓸 수 있는 글을 쓰고, 누군가의 맘을 건들고 울리는 문장이 하나둘 생기길 조심스레 기대한다.

글을 쓰는 사람으로 살고 싶은 요즘, 바라게 되는 장면이 하나 생겼다. 생생하게 구체적으로 상상하면 이루어진다고 하니 여기에 쓴다. '정갈한 책상 위에 따뜻한 차가 놓여 있고, 운치 있는 조명과 초록 잎의 소담한 화분이 있다. 정결한 새벽의 공기를 느끼며 노트북을 켜서 글을 쓰고 책을 읽고 필사한다.' 조용한 침묵이 다정하게 흐르는 이 시간이, 흐트러지지 않고 하루 또 하루 이어진다면, 읽고 쓰는 사람으로 사는 삶이 한층 더 가까워지지 않을까 싶다.

    ↳ 댓글 1: 작가. 읽고 쓰는 사람이 되고 싶었던 선생님. '언젠가는'이라는 막연함 속
      에 닿지 않았던 그 자리에 이제는 한층 가까이 닿아계신 듯합니다.

    ↳ 댓글 2: 좋은 문장과의 숨 가쁜 동행을 바라보며 사랑하는 마음이 이런 거였지.
      생각했어요. 사랑하는 사람과 함께 있으면 모든 것이 기쁨이 되고 감동이 되지요.
      글쓰기와의 행복한 동행에 박수 드려요.

    ↳ 댓글 3:
      _____

어서 오세요, 이곳은 에세이 클럽입니다

글을 쓰는 마음

황지현

한 줄 에필로그

어설퍼도 괜찮다. 오늘의 나를 지나, 언젠가의 당신에게 위로가 되
거나 웃음을 주거나 혹은 작은 쉼으로 건너가는 글이었으면 좋겠다.
그리고 그게 당신만의 행복으로 번져가길. 그렇게 행복해져라, 행복
해져라, 행복해져라.

"요즘도 매일 글 쓰고 있어?", "글 쓰면 뭐가 좋아?", "그렇게 쓰면 뭐
가 달라지긴 해?". 지인들이 묻는다. 그러게. 나는 왜 계속 쓰고 있을
까? 돌이켜 보면 나는 늘 쓰는 사람이었다. 새해가 되면 문구점에 들러
취향에 맞는 다이어리를 사곤 했다. 했던 일, 해야 할 일 그리고 하고 싶
은 일을 꼼꼼히도 또 예쁘게도 적었다. 누가 봐주는 것도 아닌데 말이
다. 예쁘게 꾸며진 다이어리를 보면, 또 계획에 맞추어 해내고 그은 붉
은 선들을 보면 그렇게 뿌듯할 수가 없었다. 과거의 기억을 떠올리며 미

소를 지었다. 기록은 아날로그에서 멈추지 않았다. 싸이월드 다이어리부터 페이스북, 네이버 블로그, 인스타그램을 거쳐 지금의 브런치 스토리에 이르기까지 계속되었다. 글을 쓰는 이들이 모여들던 시절 시절의 온라인 플랫폼마다 끊임없이 일상을 적어 왔다. 지나가면 잊힐까 그 하루를 남겨두고 싶었던 것 같다. 그렇게 지나갈 시간을 글로 남겨 머물게했다.

그렇게 계속 써왔지만 그건 나만을 위한 글이었고, 누군가가 읽어줄 것이라 기대하는 글이 아니었다. 잘 쓸 필요도 없었고 잘 쓰고 싶다는 욕심도 딱히 없었다. 욕심이 없으니 기대도 없고 글에 대한 평가에도 무심했다. 거의 매일 문자로 떠들어 댔음에도 불구하고 스스로조차 그 문자의 모음을 글이라 부르지 않았다. 그저 그날 있었던 일을 나열한, 감정 정리가 덜 된 미숙한 문장들의 모임이라고 생각했다. 어쩌다 그 모인 문장들을 읽은 지인들이 "네가 쓰는 글 재미있어. 그냥 편하게 따라가며 읽게 돼."라고 말해주곤 했다. 그럴 때조차 "에이, 그냥 일기지, 뭐." 하고 웃으며 그 말을 흘려보냈다. 스스로 내 글을 하찮게 여겼다.

그런데 문득, 낯선 깨달음이 왔다. 내가 쓴 글을 본 지인들의 반응에 반응했다. "나도 거기 가보고 싶었는데, 괜찮았어?", "어제 너 뭐 했더라? 그거 진짜 해볼 만해?", "그 글 뭐야, 나 진짜 빵 터졌잖아." 처음엔 그저 같이 웃고 넘기던 것이 자꾸 반복되니, 이제는 먼저 다시 읽어보기 시작했다. '어라? 이거 생각보다 재밌잖아? 이거 좀 잘 쓴 것 같은데?'

어서 오세요, 이곳은 에세이 클럽입니다

그리고 봇물 터지듯 질문이 밀려오고 그 답을 찾느라 생각을 정리하기 시작했다. 어떤 글이 훌륭한 글일까? 나도 훌륭한 글을 쓰는 사람이 될 수 있을까? 타인을 설득할 수 있는 논리적인 글을 쓰는 사람, 전문적인 지식을 쉽게 풀어 나누어 주는 사람, 글의 구조를 탄탄하게 만들어내는 사람, 서정적인 문장으로 읽는 사람에게 생생한 감동을 선물하는 사람, 일상의 포인트로 공감을 끌어내는 사람, 감각과 재치를 버무린 위트 있는 문장을 만드는 사람, 기발한 상상력과 탄탄한 세계관으로 독자에게 환상의 세계를 펼쳐주는 사람.

지금 나열한 모두가 훌륭한 글을 쓰는 사람이다. 하지만 지금 나열한 모든 능력을 온전히 다 갖춘 쓰는 사람은 없을 것이다. 나는 이 중 어떤 글쓰기 능력을 조금이라도 더 갖추고 있는지 자문해 보았다. 설마 하나쯤은 가지고 있겠지. 그건 자신감이라기보다는 지금까지 아무 생각 없이 해오던 일이 사실은 의미 있는 일이었을지도 모른다는 낯선 깨달음에서 비롯된 작은 마음이었다. 그 마음으로부터 시작해, 다른 능력을 조금씩 더해가며 써간다면 나도 글을 잘 쓰는 사람이 되지 않을까 싶었다.

시작할 하나쯤의 마음부터 찾아보았다. 내 글은 소소한 포인트에서 공감을 끌어내고 재미있는 이야기와 맛깔나는 표현이 감각적으로 어우러진 그런 글이라고 감히, 그렇게 평가해 본다. 그리고 이러한 기준이라면 나도 못 쓰는 사람은 아니야라고 조심스럽게 등을 떠밀어 본다. 지금까지 낮추어 평가했던 글을 이제는 내가 먼저 다독이며 칭찬해 주려 한다. 그래야 글을 읽을 누군가도 그 마음을 고스란히 전해 받을 수 있을 것이다.

마음을 고쳐먹으니 새로운 것이 보였다. 여전히 엉성하고 부족한 것이 사실이다. 엉성하지만 그렇게 막상 하나하나 글을 싸놓고(써놓고 아니고 싸놓고이다) 보니 엉성한 게 또 매력이 있다. 처음부터 완벽할 필요는 없다. 또 사실 어떤 글도 잘 끝맺었다고는 할 수 있을지언정 완벽할 수는 없다.

그래, 완벽하지 않아도 돼. 나는 완벽하지 않은 글을 쓰고 있다. 이 글들이 모여 한 권의 책이 된다면, 그 책은 완벽하지 않은 책이 될지도 모른다. 그렇지만 한번 해 봐야겠다. 완벽하고 싶은 마음을 이기는 완벽하지 않을 용기가 생겼으니까.

새로운 마음으로 글쓰기를 다시 시작할 즈음 쓴 글의 일부이다. 어떤 글은 누군가의 마음에 전혀 동하지 않을지도 모른다. 하지만 또 다른 글은 누군가의 마음에 아주 크게 가닿을지도 모른다. 내가 알 수 없는 영역의 일이다. 그렇게 먼저 스스로 고쳐먹은 마음이 응원이 되었다. 그냥 썼다가 읽어보고 고치고 또 쓰고 읽고 버리고 새로 쓰고 있다. 그렇게 글쓰기에 홀려 버렸다. 그리고 우습지만 홀려서 쓴 글에 나부터 홀리고 있다. 사사롭다고 생각했던 글이 누군가에게 공명을 줄 수 있는 이야기가 되지 않을까 살짝 오만한 생각까지 든다. 이왕 오만해 버린 김에 한마디 더한다. 글쓰기에 용기를 내려는 또 다른 누군가에게 말해주고 싶다. 그냥 그렇게 홀려서 같이 써 보자고.

어서 오세요, 이곳은 에세이 클럽입니다

이제 나에게 글쓰기란, 일단 쓰고 보는 '무모함'이자 무작정 매일 쓰는 '꾸준함'이다. 그 안에는 '즐거움'도 있고 도전했다는 데서 오는 '뿌듯함'이 있으며, 그로 인해 쌓여가는 스스로에 대한 '성취감'이 있다. 글을 쓰면서 깨닫게 된 일상의 소소한 행복들은 어느새 '감사'라는 마음으로 되돌아오기도 했다. 이런 마음들을 하나하나 글 안에 담아두려고 한다. 아, 하나 더. 이 담아둔 마음이 언젠가는 누군가에게 닿는 순간이 찾아올 것이라는 '믿음'도 있다. 그리고 지금 이 책을 읽고 있는 당신이 이 여러 마음 중 하나라도 당신의 이야기로 꺼내 읽어준다면 그게 내가 글을 계속 쓰고 싶은 가장 큰 이유가 되지 않을까.

시작은 사사로운 이야기였다. 지극히 개인적인 순간에서 시작한 글들이었지만 그 안에는 내가 바라보는 세상과 사람, 그리고 삶의 결이 알게 모르게 담겨 있었다. 이 사사로운 이야기가 당신과 연결되어 보편적인 이야기로 확장되는 마법 같은 순간이 찾아오기를 바란다. 어쩌면 나는 그 순간을 기다리며 쓰고 있는지도 모른다. 어설퍼도 괜찮다. 오늘의 나를 지나, 언젠가의 당신에게 위로가 되거나 웃음을 주거나 혹은 작은 쉼으로 건너가는 글이었으면 좋겠다. 그리고 그게 당신만의 행복으로 번져가길. 그렇게 행복해져라, 행복해져라, 행복해져라. 그런 마음으로 계속 쓰고 싶다.

↳ 댓글 1: 선생님의 이야기와 제가 예전에 즐겨하던 테트리스라는 게임이 오버랩 되었어요. 신기하게도 설렘과 긴장감, 성취감과 아쉬움이 공존했던 짜릿한 즐거움이 닮아 있네요.

↳ 댓글 2: 글쓰기에 담긴 무모함, 꾸준함, 즐거움, 뿌듯함, 믿음까지 모두 다 챙기고 싶네요. 우리 함께 글 쓰며 행복해져요. :)

↳ 댓글 3: _____

어서 오세요, 이곳은 에세이 클럽입니다

놀러 오세요, 행복한 놀이터

이영주

한 줄 에필로그

아이들처럼 어른들에게도 놀이터가 필요하다.
그 옛날 놀이터에서 뛰어놀았던 것처럼, 시간 가는 줄도 모르고 머무르고 싶은 행복한 놀이터에서 내 이름 부르는 그리운 소리가 들릴 때까지 여한 없이 신나게 놀고 싶다.

어릴 때 나의 놀이터는 공터였다.
공터라는 말 그대로 우리들의 놀이터에는 놀이기구 같은 건 하나도 없었다. 암사동 철거민촌의 까무잡잡한 아이들은 고무줄놀이, 땅따먹기, 다방구, 비사치기 따위를 하며 시간 가는 줄 모르고 놀았다. 그러다가 서쪽 하늘이 붉어지고 굴뚝마다 모락모락 연기가 피어오르면 얼마 지나지 않아 어머니들이 우리를 부르셨다.
"밥 먹자!"

제 엄마의 목소리가 아득히 들려오면 땀을 삐질삐질 흘리며 실컷 뛰어놀던 아이들은 놀던 동작을 멈추고 하나 둘, 집으로 뛰어가곤 했다.

얼마 전의 일이다. 방과 후에 5학년 다 큰 아이들이 학교 놀이터에서 술래잡기를 했다. 빼곡한 학원 일정이 기다리고 있지만 집에 가는 잠깐 새에 아이들은 텅 빈 놀이터를 그냥 지나치지 못했다. 가위바위보에서 진 아이는 술래가 되고, 이긴 아이들은 학교가 쩌렁쩌렁 울리도록 '꺅' 소리를 지르며 술래를 피해 도망쳤다. 잠깐 사이에 쫓는 아이도 쫓기는 아이들도 온몸이 땀으로 흠뻑 젖었다. 수업 시간에는 맥없이 앉아 있던 모습과 달리 생기 있는 모습이 진짜 아이들다웠다. 예나 지금이나 놀이터에는 언제나 아이들의 열기와 활력이 넘쳐난다. 그곳은 걱정, 근심, 스트레스 따위는 범접하지 못하는 아이들만의 신성한 공간이다.

어른이 되고 나서는 인생 시계에 쫓겨 쉴 틈 없이 달렸다. 직장을 다니며 결혼을 하고 두 아이를 키웠다. 아등바등 육아 전쟁을 치르던 때에는 마치 나 혼자 끝이 없는 터널 속에 갇힌 것처럼 막막하기도 했다. 나를 위해서 할 수 있는 일들이 없어졌고 하고 싶은 마음도 사라졌다. 앞만 바라보며 치열하게 살다 보니 어느새 아이들은 성인이 되어 이제는 더 이상 부모의 세세한 돌봄이 필요로 하지 않게 되었다. 그런데 이상하게도 오랜만에 찾아온 여유로운 삶을 맞닥뜨렸을 때 오히려 낯설고 당황스러웠다. 문득문득 인생이 허무하게 느껴지고 자신감과 생기를 잃어갔다. 마치 정신없이 쳇바퀴를 돌다가 쳇바퀴에서 내려서 어쩔 줄 모르

어서 오세요, 이곳은 에세이 클럽입니다

는 다람쥐의 멈춤의 순간처럼. 하늘 높이 연을 팽팽하게 날리다가 연줄이 끊겨 연을 놓쳐버린 어린아이의 심정처럼.

　빈둥지증후군 때문인지 갱년기 때문인지 모르지만 우울감으로 명치 끝이 묵직하던 그때 친구로부터 블로그를 시작했다는 이야기를 들었다. 귀가 솔깃했다. 나도 글을 써보고 싶었다. '그래 그까짓 거 뭐. 해보는 거야.' 친구를 따라 블로그를 시작하며 맨 처음 올린 글은 친구를 소재로 쓴 시였다. 어디에 내놓기엔 턱없이 부족한 감성과 미숙한 시어의 연결이었지만 시를 통해 고마운 마음을 전하고 싶었다. 친구가 나의 첫 독자가 되어 공감 버튼을 눌러주었다. 풋풋한 첫 데이트처럼 가슴이 설렜다.

　성경 말씀, 사진을 담은 시, 활력 넘쳤던 학교 수업, 남편과의 여행 등 소소하지만 소중한 일상의 기록이 블로그에 채워졌다. 일기와 아직 마무리되지 않은 어린이 동화와 그림책 이야기는 비공개로 저장해 놓았고 취미 삼아 그린 그림도 몇 장 전시했다. 재미있었다.

　혼자 글을 쓰다가 에필로그 에세이 클럽 활동에 참여하게 되었다. 우리 에세이 클럽의 중요 임무는 매일 필사하여 인증하고, 일요일 새벽에는 온라인 모임에 참석하여 에세이를 쓰는 것이다. 필사를 위해서 책을 열심히 읽다보니 새삼스레 책 읽는 즐거움에 빠지게 되었다. 생경하지만 품위 있는 단어와 상황에 똑떨어지는 아름다운 문장을 만났을 때는 '아, 나도 이런 글을 쓰고 싶다.'라는 욕심이 생겨났다.

　책 속에서 마음을 끌어당긴 문장들을 골라 필사했다. 작가의 문장이 마치 내가 쓴 문장처럼 느껴지면서 작가의 경험과 감정에 깊이 몰입할 수 있었다. 특히 에세이를 필사할 때는 과거의 나와 만날 수 있었다. 그리운 어린 시절, 잊고 있던 기억들 속에서 다시 어린아이가 되어 추억에 젖어 들었다. 기쁘고 행복했던 기억도 많았지만 때로는 묻어두었던 서러움과 슬픔, 분노의 감정을 만나 눈물을 흘리기도 했다. 나는 과거의 나와 조우하며 조그맣고 조그맣고 조그맣던 계집아이의 머리를 정성껏 쓰다듬어 주었다. 이슬비에 옷이 젖듯, 나의 내면에 치유와 회복이 시나브로 스며들었다.

일요일 새벽 온라인 모임에서의 선데이 에세이는 특별한 동지애를 쌓는 기회가 되었다. 오래된 사귐이 아님에도 불구하고 '에세이'라는 매체를 통해 속 깊은 이야기를 나눌 수 있었다. 가족에 대한 원천적인 사랑, 가르치는 일에 대한 진정 어린 마음, 자신을 사랑하고 돌보고 싶은 욕구 따위를 마주하며 서로에 대한 존중과 격려의 마음을 전했다. 혼자 글을 쓰는 것도 재미있었지만 함께 쓸 수 있어서 더 힘이 나고 더 흥이 났다. 글 친구들이 생긴 것이다.

아이들처럼 어른들에게도 놀이터가 필요하다.
자신만의 방법으로 즐거움을 창조해 내는 놀이터. 땀을 흠뻑 흘리며 뛰어보고, 시간 가는 줄 모르고 놀 수 있는 놀이터. 상대를 가리지 않고 놀이 친구가 되어 이야기꽃을 피울 수 있는 놀이터. 신나게 뛰어놀면서 소소한 행복, 삶에 대한 의욕을 충전하는 놀이터.
바로 어른 놀이터이다.

요즘 나에게는 글을 쓰는 일이 최고의 놀이가 되었다. 시간 가는 줄 모르고 집중하게 되고 나만의 영감이 번뜩이는 순간에는 잠자는 시간도 아까웠다. 글을 쓰면서 과거에 걸었던 길을 돌아보았고, 현재 내가 서 있는 곳을 확인할 수 있었다. 그리고 이제는 미래에 나아갈 길을 설레임으로 설계하고 있다.

글을 쓰다 보면 더 잘 쓰고 싶은 욕심이 생긴다. 욕심을 따라 걱정과 근심이 밀려오고 스트레스가 쌓여간다. 그 순간 신성한 놀이터는 치열한 일터가 될 수 있다. 그러니 주의해야 한다. 남보다 더 잘 쓰려는 욕심, 남 앞에서 과시하고 싶은 욕심을 경계해야 한다. 쓸데없는 힘과 욕심을 빼고, 내가 전하고 싶은 나만의 이야기를 써 내려가고 싶다. 그렇게 행복하게 글을 쓰다 보면 지금보다 더 좋은 글을 쓰게 될 거라 기대한다.

그 옛날 놀이터에서 뛰어놀았던 것처럼, 시간 가는 줄도 모르고 머무르고 싶은 행복한 놀이터에서 내 이름 부르는 그리운 소리가 들릴 때까지 여한없이 신나게 놀고 싶다. 친구들과 함께….

> ↳ 댓글 1: 글쓰기가 즐거운 놀이터가 된다는 건 상상만 해도 신이 나네요. 온전히 오늘을 행복하게 보내고 놀이처럼 글을 쓰다 보면 뭔가 재미난 일이 일어날 것 같습니다.
> ↳ 댓글 2: 어른이 되어서도 즐거움을 느낄 수 있는 놀이터가 필요하다는 문구에 마음이 들뜨기 시작합니다. 행복한 어른이 되고 싶다는 열망이 생기네요.
> ↳ 댓글 3:

Episode
2

필사하다

하루 한 줄이 이야기가 되기까지

책을 읽다 보면 마음이 오래 머무는 문장을 만나게 됩니다.

그 문장을 따라 쓰는 동안, 글쓴이의 생각과 마음이 내 안으로 스며듭니다.

그리고 그 문장에 기대어, 나의 이야기도 천천히 깨어납니다.

누군가의 문장에서 시작해 나의 문장으로 이어지는 길,

그 다정한 여정을 우리는 '에필로그'라 부릅니다.

에필로그는 꾸준함이 더해질 때 더 큰 힘을 발휘합니다.

이렇게 필사해요

책 속 문장 한 줄 필사하기

왜 이 문장을 고르게 되었는지 기록하기

아무것도 묻거나 따지지 않고 매일 하기

삶에 밑줄 긋기

윤미영

한 줄 에필로그

밑줄은 나를 발견하는 일이다. 내가 누구인지 계속해서 묻는 일이자
미처 발견하지 못한 내 삶을 천천히 읽어내는 일이다.

누구든 책에 밑줄을 긋는 자는 하나의 질문과 대면하게 된다. "왜 하필
그 문장에 밑줄을 그었는가." 참으로 심플하고도 당연한 질문이지만 막상
답을 하기는 쉽지 않다. 그것은 '왜 살아가느냐/사랑하느냐'에 맞먹을 정
도로 한없이 존재론적인 질문이니까.

『서서비행』, 금정연, 마티

금정연의 『서서비행』을 읽다가 이 문장을 만났을 때 아무런 망설임 없
이 그 아래 줄을 그었다. 책을 읽을 때면 밑줄을 자주 긋는다. 평소의 성
격과 달리 그 밑줄은 대체로 거칠고도 단호하다. 그런 나를 보며 중학교

2학년인 둘째 아이가 조심스레 묻는다. "엄마는 책에 왜 밑줄을 그어?" 아이는 이렇게 덧붙였다. "나는 책에 밑줄 긋는 걸 좋아하지 않아. 기억하고 싶은 것이 있으면 그냥 외워버리면 되고, 외우지 않더라도 여러 번 보면서 이해하면 된다고 생각해. 난 책에 줄이 그어져 있으면 어쩐지 다시 보기 싫더라." "정말? 엄마는 책 읽으면서 줄을 긋는 게 정말 좋던데. 연필로 줄을 그으면서 기억하고 싶은 것들을 두 번, 세 번 읽어보게 되니까." 하지만 아이는 고개를 갸웃거렸다. 그날 내 대답은 쓰다만 답지처럼 어색했다. 어떤 질문들은 당장 답을 말할 수 없어도 그 질문을 오래 붙들게 된다. 그날 아이의 질문이 그랬다.

사실 책을 다시 펼쳤을 때 밑줄이 있는 것과 없는 것에는 많은 차이가 있다. 밑줄이 있는 책은 기억을 되살리는 데 매우 효율적이다. 그 책을 처음 받아 들었을 때의 놀라움과 깨달음이 밑줄 아래에 고스란히 남는다. 반면 아무 표시도 없는 책은 새 책을 읽을 때처럼 새로이 발견하는 재미가 있다. 그러니까 밑줄 긋는 독서는 효율적이고, 밑줄 긋지 않는 독서는 새로운 시선으로 읽는 가능성이 있어 자유롭다. 오랜 시간 효율적인 독서와 자유로운 독서를 마음껏 오가며 책을 읽었다. 문제는 중년의 어른이 되고 나서였다. 배운 것들을 쉬이 떠올리고 오래 간직할 수 있었던 젊은 시절과 달리 여러 일들이 한꺼번에 몰려오는 경우가 많았다. 그럴 때면 나의 뇌는 '덜 중요해 보이는 것'들을 빠르게 지워 버렸다. 수많은 일상의 기억에서 살아남기 위한 전략이다. 그때부터 자주 밑줄을 쳤다. 잊지 않기 위해서, 그리고 다시 빨리 기억을 떠올리기 위해서. 그러니까 중년이 된 내게 독서는 밑줄 긋기와 같은 말이기도 하다.

밑줄 긋기 독서는 필사로 이어졌다. 어느 순간부터는 매일 글을 쓰고 있는데 그 시작은 언제나 필사이다. 책을 읽을 때, 누구나 지나칠 아주 작은 문장 앞에서 멈춰 선다. 작가조차 무심코 흘려보냈을지도 모를 그 문장에 오래 머문다. 마음이 머문 자리에 밑줄을 긋는다. 밑줄은 단순한 표시가 아니라 문장이 나를 부른 흔적이다. 이 순간 내 삶이 어떤 결을 지니고 있는지를 드러내는 무의식의 기록이기도 하다. 마음이 멈춘 문장에 밑줄을 긋고 나만의 필사 노트에 베껴 적는다. 한 글자, 한 문장, 한 문단을 그대로 따라 쓰다 보면 부유하던 마음이 천천히 가라앉는다. 정신없이 흘러가는 일상의 속도와 분주함은 그 순간 잠시 숨을 고른다. 필사하는 일은 어딘가로 향해 달려가는 여행이 아니라 내 안에 머물며 내 감정을 바라보는 조용한 여정이다.

가끔 오래전 읽었던 책을 다시 펼치면, 과거의 내가 밑줄 그은 문장이 낯설기도 하다. 사실, 달라진 것은 책이 아니라 나다. 밑줄은 타인의 글 속에 숨은 나의 마음이기도 하다. 필사는 단순한 베껴 쓰기가 아니라 나의 마음을 한 번 더 따라가는 일이다. 문장을 손으로 따라 쓰면서 잠시 작가와 같은 시선이 되어 내 감정의 결을 따라간다. 그 반복의 끝에서 마침내 내 이야기를 꺼내어 쓸 수 있게 된다.

한 달에 한 권의 책을 정해 함께 필사를 하기로 했다. 같은 문장을 필사했지만, 각자 그 문장을 고른 이유는 모두 달랐다. 같은 문장에 서로 다른 밑줄이 그어진다. 그 다름이 너무도 다채로워서 생각이 깊고도 넓게 확장된다. 그 다름으로 인해 우리는 조금씩 커진다. 밑줄은 결국 그 사람의 이야기다. 매일 천천히 책장을 넘기며 문장을 고른다. 마음이 멈추고 눈이 오래 머무는 곳에서 펜을 들어 밑줄을 긋는다.

왜 하필 이 문장이었을까?

그 질문은 어쩌면 내가 왜 살아가는지, 무엇을 두려워하고, 무엇을 붙잡고 싶은지를 다시 생각하게 한다. 어쩌면 밑줄 하나에 그날 나의 일상 전체가 담겨 있는지도 모른다. 글뿐만 아니라 삶에도 밑줄을 긋는다. 오래도록 기억하고 싶은 순간, 스쳐지나갔지만 다시 꺼내고 싶은 말, 무심코 흘려보냈으나 사실은 나를 살게 했던 장면들. 그런 순간들을 밑줄 긋기를 통해 발견해 낸다.

결국 밑줄은 나를 발견하는 일이다.

내가 누구인지 계속해서 묻는 일이자 미처 발견하지 못한 내 삶을 천천히 읽어내는 일이다.

> ↳ 댓글 1: 밑줄 긋기가 나를 발견하는 일이라는 말씀에 공감합니다. 선생님들과 같은 책을 읽고 필사하며 더 많은 공부가 되고 있어요. 배움의 장을 마련해 주서서 너무 감사드려요~

↳ 댓글 2: 책을 읽으며 밑줄을 긋다가 때때로 알지 못했던 저 자신을 깨닫게 될 때가 있어요. 어쩌면 놓쳐버린 일상의 의미를 찾아가는 과정이 필사라는 생각이 드는 순간입니다.

↳ 댓글 3:

_____

상담을 통한 관계의 치유

전수민

한 줄 에필로그

자녀를 올바른 사람으로 성장시키기 위해서는 교사와 부모는 서로 만나야 한다. 서로에 대한 편견을 깨고 불편함을 무릅쓰고라도 만나 함께 의논해야 한다.

그날도 이런 날씨였다. 교정을 빠져나오며 올려다본 하늘은 파랗고 햇살은 노랗고 바람은 시렸다. 세상과 내가, 나와 아이가 분리된 느낌. 영화의 한 장면처럼 운동장 끝에서 아이가 나를 바라보는 것 같았다. 담임과의 상담은 아이를 아는 시간이 아니라, 아이에 대해 아는 게 없는 나를 아는 자리였다.

『다가오는 말들』, 은유, 어크로스

이 글은 은유 작가가 담임 선생님과 상담 후 느낀 소회를 적은 글이다. 딸이 혼자 있는 시간에 뭘 하면서 보내느냐는 질문에 순간 깜깜해지며 아무 말도 할 수 없었다고 한다. 맞벌이 부모라면 맞닥뜨릴 수도 있는 당혹스러운 순간이었을 터. 과학 시험 점수가 낮았고, 남자아이들이 놀려서 울었으며, 드라마 줄거리 요약을 잘한다는 선생님의 이야기는 어떻게 들렸을까? 집에서 아이를 세심하게 살피라는 당부는 또 어떻고. 작가는 교정을 빠져나오며 세상과 자신, 자신과 아이가 분리된 느낌이 들었다고 고백했다.

나도 그런 적이 있었다. 이 글을 읽다가 감추고 싶은 상담 장면이 떠올랐다. 딸이 초등학생 때였다. 상담 시간 담임 선생님은 종이 하나를 보여주시며 말씀하셨다.

"어머니, 문장 완성도 검사 결과를 알려드릴게요. 여기 보면 아시겠지만, 어머니에 관해 묻는 문장에서 정서적 표현이 거의 없어요. 지수에게 사랑 표현을 많이 해주셔야 할 것 같아요."

그 말을 듣는 순간 망치로 머리를 얻어맞은 듯 눈앞이 아득했다. 나는 모성애가 부족한 죄인이 되어 판사 앞에 앉아 있는 듯 했다. '사랑하라'는 선고가 떨어졌다. 부끄러움이 몰려와 고개를 들 수 없었다.

딸이 미워지기 시작한 건 5학년 무렵이었던 것 같다. 사춘기에 접어든 삐뚤어진 행동을 보며 사랑 표현은 당연히 할 수 없었다. 싸우기에 바빴으니까. 뇌의 전두엽이 공사 중이라 그렇다는 것을 이해하면서도 미워졌다. 사랑스럽지 않았기에 안아줄 수도, 뽀뽀를 해줄 수도 없었다. 눈에 넣어도 안 아팠던 천사 같은 아이와 사춘기 소용돌이에 서 있던 아이는 너무나 다른 영혼이었다. 두 모습이 일치하지 않은 이 상황이 낯설어 받아들여지지 않았다. 딸이 이름 모를 타인처럼 느껴지는 공백의 거리와 공간이 너무 괴로워 어느 날은 눈물이 마구 흘러내리기도 했다.

관계가 소원해지며 딸의 마음에도 엄마의 자리가 줄어들었다는 것을 그제야 알게 되었다. 슬픈 감정에 빠져 혼란스러운 딸의 마음을 헤아리지 못했던 것이다. 그날부터 친절한 엄마의 모습을 연기했다. 연기라고 하는 것이 맞다. 한순간에 태도를 바꿀 수 있을 만큼 넓은 아량을 가진 어른이 아니었으므로. 돌이켜보면 나도 딸과 똑같은 사춘기 소녀였다. 엄마의 너른 품으로 자녀를 품어주기보다 같은 입장에서 싸우기 바쁜 아이 같은 어른이 있을 뿐이었다. 그럼에도, 비록 연기일지언정 사소한 것부터 바꿔 나가기로 했다. 우선 목소리 톤부터 부드럽게 바꿨다. 잔소리도 차츰 줄였다. 딸을 의무감에 안아주면서도 얼굴은 사랑하는 표정을 지었고, 어색했던 손으로 등도 토닥여 주었다. 사실 그 손짓은 애쓰는 나에게 하는 것이나 마찬가지였다. 하지만 행동이 변하면 마음마저 변하는 것일까? 친절한 연기가 무르익어 갈 무렵, 마음 깊은 곳 진실한 사랑이 다시 샘솟았고, 연기는 자연스레 막을 내렸다.

그러던 어느 날 딸이 내 등을 함께 토닥토닥 두드려 주는 날이 찾아왔다. 그 어떤 말보다 딸의 손길은 그동안 쌓였던 미움을 눈 녹듯이 사라지게 했다. 눈물이 맺혔다. 그렇게 우리의 관계는 회복되어 갔다. 닫혔던 대화의 창은 열렸으며, 파도가 치던 바다는 잔잔해졌다.

결혼 전에 만났던 학부모와 두 자녀를 키우며 만난 학부모는 너무나 달랐다. '왜 부모가 아이를 제어하지 못하는 것일까?, 왜 저렇게 자녀에 대해 모를까?'에 대한 의구심이 나에게 되돌아왔다. 부끄러운 이야기지만 엄마가 되고 나서야 학부모를 진정으로 이해하게 되었다. 자녀를 키우는 마음이 모두 똑같음을 알기에 상담 도중 눈물짓는 어머니와 함께 울 수 있었다.

심리학자 올포트는 편견의 기적적인 치유법을 '접촉'이라고 했다. 사실 학부모 상담은 매우 불편하다. 그렇지만 자녀를 올바른 사람으로 성장시키기 위해서는 교사와 부모는 서로 만나야 한다. 서로에 대한 편견을 깨고 불편함을 무릅쓰고라도 만나 함께 의논해야 한다. 내가 딸의 담임 선생님과 상담하지 않았다면 우리의 관계는 어떻게 되었을까? 생각만 해도 아찔하다. 학부모 상담이 '아이에 대해 아는 게 없는 나를 아는 자리였다.'라는 은유 작가의 글은 부모가 자녀에 대해 누구보다 잘 알고 있다고 생각하는 것이 착각일 수도 있음을 일깨운다.

딸이 며칠 전 안방에 들어오더니 "사는 게 행복해요!"라고 말하며 침대에 누웠다. 딸에게 이런 말을 들을 수 있음이 행복해 기쁨을 숨기고 물었다. "왜 그런 생각이 들었어?" 짧은 단답형 대답이 예상되기에 문장으로 말해 달라며 답을 얻어냈다. "잠도 잘 자고, 먹을 것도 잘 먹고, 하고 싶은 것도 다 하기에 부족함이 없다고 생각해서요." 단순한 답변이었지만 이보다 더 명쾌하게 행복을 규정할 수 있을까? 잠 잘 자고, 배부르고, 게다가 하고 싶은 것을 다 할 수 있다니. 부모로서 자녀에게 들을 수 있는 최고의 찬사가 아닐지 싶다. 물론 살다 보면 그렇지 않은 날이 더 많을 것이다. 그때 이 글을 딸에게 선물해 줘야겠다. 사는 게 행복하다고 말했던 과거의 너를.

지금은 딸과 대화를 많이 하지만 열린 대화의 창이 언제 닫힐지, 잔잔해진 바다에 언제 풍랑이 일지 인생은 늘 알 수 없다. 하지만 서로의 이야기를 진심으로 경청하고 사랑으로 응원한다면 어두운 시간이 그리 오래가지는 않을 것이라 믿는다.

> ↳ 댓글 1: 아이를 세상에서 제일 잘 안다고 생각했던 저를 반성합니다. 온전한 사랑으로 아이를 품을 수 있도록 노력해야겠어요.
> ↳ 댓글 2: 엄마도 엄마가 처음이니까 서툰데, 엄마라는 단어는 말로 다 표현할 수 없는 큰 개념을 가지고 있는 거 같아요.
> ↳ 댓글 3: _____

어서 오세요, 이곳은 에세이 클럽입니다

환대의 기적

민정하

한 줄 에필로그

인생의 길 위에서 만나는 따뜻한 품이 우리에게 살아갈 이유를 부여
하고, 여기에 두 발을 붙이고 살아갈 수 있는 버팀목을 심어준다.

환대는 이렇게 순환하면서 세상을 좀 더 나은 곳으로 만들고 그럴 때 진
정한 가치가 있다. 준 만큼 받는 관계보다 누군가에게 준 것이 돌고 돌아
다시 나에게 돌아오는 세상이 더 살만한 세상이 아닐까.

『여행의 이유』, 김영하, 복복서가

2006년 3월 2일 목요일 아침, 새로 산 분홍 원피스를 입고 4학년 9반
으로 들어서던 순간이 어제 일처럼 생생하다. 교실에 도착해 책상에 앉
아 다소 떨리는 마음으로 뒷문을 열고 들어오는 아이들을 만났다. 첫인
사를 건네며 웃던 그날, 나는 초등 교사로 첫발을 내디뎠다. '처음'이라

는 단어가 주는 설렘과 무게에 주춤했지만, 아이들이 어색하지 않게 먼저 용기를 내 인사를 건넸다. 지극히 교과서다운 인사말이지만 그 어느 때보다도 마음을 다한 한마디. "만나서 반가워. 너희들이 내 첫 제자가 될 거야." 긴장감 탓인지 전날 나름대로 열심히 준비했던 인사말 대신 즉흥적인 말을 건네며 새 교실에 온 학생들을 맞이했다. 아이들 또한 환한 미소와 반짝이는 눈빛으로 화답했다. 주고받는 인사는 경건한 의식과도 같다. 서로의 존재를 알아봐 주고 존중을 표현한다. 그리고 인정받는다. 그렇게 상대를 귀하게 여기며 이 교실에서 함께 살아간다.

초등학교 교실에서는 매일 서로를 향한 환영이 이어진다. 서로 모르는 사람들이 만나 1년여 남짓의 시간을 함께 보내며 아침에 만날 때와 오후에 헤어질 때 인사한다. 매일 하는 심심한 표현 같지만 마주 보는 얼굴과 맞잡은 손을 통해 전해지는 온기는 그 어떤 것보다 포근하다. 시간이 흐를수록 인사의 방법은 다양해졌다. 종종 아이들이 새로운 방법을 제안하기도 했다. "제가 책에서 봤는데 코를 맞대어 인사하기도 한대요.", "손을 잡으면서 격려의 말을 같이해주는 건 어때요?", "친구를 안아주거나 하이파이브를 해보는 건 어때요? 친구가 원하는 방법으로 말이에요." 덕분에 아침맞이 시간과 하교 후 헤어짐의 시간이 북적북적해졌다.

어쩌면 우리는 누군가의 따뜻한 시선을 통해 자신의 존재감을 인정받고 싶었던 건 아닐까? 코로나19로 타인과의 접촉을 극도로 경계하기 전까지 교실은, 주고받는 인사로 시끌벅적 즐거웠다. 코로나19 시절에도 인사는 나름의 방법으로 진화했다. 마스크에 매직으로 쓰인 '반가워', '힘내' 등의 인사말. 말을 대신한 몸짓 등 맞이함의 방식이 다양해졌다. 아이들은 본인이 받았던 응원에 화답하며 다른 친구에게도 똑같이 따뜻한 마음을 전했다. 이득을 바라지 않는 순수한 마음에서 우러나오는 반가움. 그 친절함을 받고 다시 상대방에게 전해주는 배려. 우리는 교실에서 아직은 살아갈 만한 세상을 느끼고 있었다. 그렇게 존재감을 느끼며 두 발로 땅을 딛고 살아갈 수 있었다.

2023년, 남편이 일본으로 발령받으면서 학교를 잠시 떠나 도쿄에서 새로운 삶이 시작되었다. 처음에는 단순히 여행을 길게 온 느낌이었다. 3년 후에는 어차피 떠날 거란 생각 때문인지 도쿄에 도무지 정이 들지 않았다. 당장 내일이라도 여기와 작별할 수 있는 마음으로 보내는 가벼운 일상들. 어디에도 소속되어 있지 않은 자유로움. 낯선 도시에서 거의 3년을 살아야 한다는 압박이 오히려 자유로운 이방인으로 변화시켜 준 것은 아닐까. 그 순간만큼은 존재감이 전혀 중요하지 않았다.

그러던 중, 남편과 집 근처에서 산책 도중 재류 카드를 잃어버렸다. 재류 카드는 우리 부부가 합법적 절차를 거쳐 일본에 거주할 수 있다는 자격을 보증해 주는 일종의 외국인 주민등록증이다. 눈앞이 캄캄했다. 가벼웠던 마음이 한순간 무거워져 덜컹, 땅 밑 저 아래로 한없이 꺼져버렸다. 한 시간 넘게 우리가 걸어온 길을 다시 되짚어가며 이곳저곳을 살펴봤지만 찾을 수 없었다. 이 도시를 언제든지 떠날 수 있다며 그저 나그네처럼 굴었지만, 이제는 존재를 부정당할까 봐 이토록 정성을 다하고 있다니. 당돌하던 그 패기는 어디로 갔단 말인가, 실소가 나왔다. 결국 카드는 찾지 못하고 혼자 잠든 딸이 걱정이 되어 집으로 맥없이 돌아왔다. 괜스레 설움이 북받쳤다. 가뜩이나 정도 가지 않는 잘못도 없는 회색 도시에 도리어 화만 났다.

 그때였다. 현관 알림 창이 파랗게 반짝였다. 화면을 보니 젊은 부부처럼 보이는 사람들이 우리 집 벨을 여러 차례 누르고 있었다. 혹시나 화면 속 부부가 재류 카드를 찾아주려고 우리 집까지 온 것이 아닐까 하는 기대감이 생겼다. '후다닥', 누가 먼저랄 것도 없이 급히 공동 현관으로 내려가 혹시나 하는 마음에 우편함을 열어보았다. 그렇게 찾아 헤매던 재류 카드! 카드 속 어색하게 웃음을 짓고 있는 내 증명사진이 너무도 반가웠다. 자정이 넘은 시각, 재류 카드를 잃어버린 외국인이 겪을 고초를 생각하며 이곳까지 왔을 젊은 부부의 수고가 그려지고 그들의 정성에 마음이 뭉클했다. "그래, 이 고마움을 언젠가 다른 분께 갚아 드리자." 그분들 덕에 두 발이 한층 무거워졌다. 늘 바람을 타고 흐르듯 떠날 준비가 되어있던 발걸음에 소속감과 책임이라는 추가 달렸다. 그저 아무것도 아닌 외국인에 불과한 나를 반겨 준 부부 덕분에 존재의 무게가 생겼다.
 그 후, 땅에 떨어진 물건을 보면 주워서 잘 보이는 곳에 올려다 두었

어서 오세요, 이곳은 에세이 클럽입니다

고 길을 찾아 헤매는 외국인을 보면 말을 걸어주었다. 딸아이의 새로운 친구에게도 먼저 반갑게 인사를 건네며 받았던 따뜻함을 나름의 방식으로 돌려주며 살고 있다. 그 사이, 벚꽃은 피고 지기를 반복했고 길 위의 바람조차도 서먹함이 아닌 익숙함으로 달라졌다.

우리는 누군가에게 친절을 건넨다. 보낸 그 작은 마음이 다른 이를 위한 배려로 이어지는 기적을 경험하기도 한다. 인생의 길 위에서 만나는 따뜻한 품이 우리에게 살아갈 이유를 부여하고, 여기에 두 발을 붙이고 살아갈 수 있는 버팀목을 심어준다. 우리는 누군가를 맞이하는 과정에서 그의 존재 이유만으로 충분히 마음의 문을 열어 주고 있는가. 그저 무심히 지나치고 있지 않은지 생각해 본 순간이다.

> ↳ 댓글 1: 저도 항상 친절을 베풀려고 노력하는데, 되돌려 받겠다는 생각은 없었지만 돌고 돌아 나에게로 온다고 생각하니 더 많이 친절을 베풀어야겠어요.
> ↳ 댓글 2: 환대라는 단어를 보는 순간부터 가슴이 설레기 시작했어요. 마치 내가 존귀한 어떤 존재가 된 것처럼 말이에요. 나의 작은 액션으로도 다른 이의 존재의 무게를 높여줄 수 있다는 걸 잊지 말아야겠습니다.
> ↳ 댓글 3:
> _____

엄마는 씨앗

편희정

한 줄 에필로그

어른이란 어떤 시련이 오면 기꺼이 받아들이며, 나를 해칠 거대한 파도로 생각하는 것이 아니라 거친 파도 위에 올라서며 서핑할 줄 아는 사람이다.

씨는 닻을 내리자마자 우선순위를 바꿔, 모든 에너지를 위로 뻗어 올라가는 데에 집중한다. 숲에서 가장 작은 식물이니 자기 위에 있는 모든 식물보다 더 열심히 일해야 하는데 그러는 동안 내내 그늘이라는 비참한 환경까지 견뎌내야 한다.

『랩 걸』, 호프 자런, 알마

나는 우리 엄마가 창조한 새 이파리다.

결혼한 지 20년이 되었지만, 아직 이파리로 매달려 있다. 어린 시절은 내성적이어서 하고 싶은 것을 말로써 밖으로 꺼내지 못하는 소심한 아이였다. 반장이었지만 부족함이 드러날까 봐 자신감이 없었고, 또 보이는 것과는 달리 가정형편이 그렇게 좋지 않다는 것이 들킬까 봐 위축되어 있었다. 물론 1980년대 시절이 다 그랬지만 나보다 잘사는 친구들, 못사는 친구들이 한눈에 다 보이는 시절에 남에게 보이는 것을 의식하는 민감한 아이였다. 그래서 그런지 친구들끼리 모여서 먹는 점심시간의 도시락은 항상 예민한 시각적 증거였다. 이쁜 도시락통에 두 가지 이상의 반찬이 섞이지 않게 포일에 쌓여 단정하게 담겨 있어야 했다. 도시락 반찬으로 소시지는 그냥 구운 것이 아닌 달걀에 입혀져 노란띠를 두르고 있어야 한다. 부산에서 반찬으로 흔한 쥐포는 구워서 고추장에 찍어 먹는 것이 아닌 간장이나 고추장, 참기름, 깨소금 그리고 초록색이 좀 섞여야 이쁘니 쪽파 송송 등 양념에 무쳐 손이 한 번은 더 가야 내 도시락 반찬통에 담길 수 있다. 그래서 아침에 준비된 도시락은 한번 열어서 확인한 후 마음에 들어야 가져간다. 마음에 들지 않으면 그 자리에서 다시 반찬을 이쁘게 재배치하고 나서야 가져간다.

고등학생 시절 어느 날은 늦잠을 잤다. 같이 늦잠을 잔 엄마가 화들짝 놀라 벌떡 일어나셨다. 도시락 반찬을 준비하지 못했기 때문이다. 다행히 참치 통조림이 있었다. 그 당시에는 캔이 원터치가 아니어서 캔 따는 도구가 있어야 했다. 허둥지둥 찾다가 지각하면 안 되니 엄마는 부엌칼을 세워서 칼날을 모퉁이에 놓고, 마늘을 찧는 칼 뒷부분을 톡톡 쳐가며 한칼 한칼씩 통조림 캔에 구멍을 냈다. 어느 정도 틈이 생겨 캔 뚜껑을 엄지손가락으로 힘껏 제쳤다. 시간이 없었기 때문에 빨리 열어야 했다. 삼분의 일 정도 열린 캔 뚜껑 사이로 참치를 꺼내 도시락을 쌌다. 내심 도시락 반찬도 시간도 다 해결되어 엄마는 다행인 듯한 표정이었다.

학교를 다녀왔다. 엄마의 엄지손가락에 붕대가 감겨 있었다. 한칼 한칼 뚫은 캔의 모서리는 뾰족뾰족 날카로웠을 것이다. 그것을 엄지손가락에 대고, 삼분의 이를 지탱하는 캔 뚜껑을 이겨낸 엄마의 사랑. 생각보다 깊은 상처도 아픈지 모르다가 내가 학교로 향한 후에야 느껴졌을 상처의 고통. 바쁘고 정신없고 또한 예민한 내가 아침에 짜증이라도 내면 조급해지는 엄마의 모성애가 그 열기 힘든 캔 뚜껑을 열어젖히게 했다.

또 집에서 학교로 보내는 가정통신문에 쓰는 글이 있다면 이쁜 글씨체로 이면지에 연습하여 교양 있는 문체로 빈칸을 꽉 채워줬던 엄마의 글솜씨. 넉넉한 살림은 아니었지만, 반장을 할 수 있었던 것도 친구들이 보기에 잘사는 것처럼 보이는 것도 나의 엄마가 있었기 때문이다. 엄마 아빠는 맞벌이였는데 그 당시에는 엄마가 집에 없고 일을 하러 나간다는 사실이 부끄러운 때였다. 맞벌이는 가정형편이 좋지 못한 상징이라고 생각했다. 엄마 아빠의 힘든 인생을 알 리 없는, 나만 아는 이기적인 공주병에 자존감은 바닥이면서 자존심만 쎈 아이였다. 집에 오면 맞아주는 엄마가 없어 조용한 집에 들어올 때는 쓸쓸했고, 괜히 뿔이 나서 엄마에게 짜증도 많이 냈다. 엄마는 힘든 일을 하고 와선 집안일을 해야 했고, 없는 형편이지만 딸에게 잘해 주고 싶어 공주같이 대해주느라 몸이 세 개라도 모자랐을 것이다.

"교복 셔츠 안 빨았어?"

내가 아침밥을 먹는 동안 엄마는 허겁지겁 손빨래한다. 탈수기에 꽉 짠다. 다리미로 다리고 드라이기로 말린다. 시간이 부족해 완전히 말리진 못했지만 학교로 가야 하는 시간이기에 덜 마른 축축한 교복을 입고 집을 나서는 것도 몇 번. 엄마 덕에 깨끗한 교복을 입고 등교한다는 감사함은 뒤로하고, 덜 마른 교복은 학교 가는 동안 마르면서 섬유유연제 향기가 나를 기분 좋게 했다.

부산에 있는 엄마는 청주에 있는 나에게 먼저 전화해서, 오늘 별일 없었는지 안부를 묻는다.

"현찬 아빠랑 싸웠어."

"아이고, 내가 요즘 사위한테 뜸했더니, 엄마가 관리를 잘못했네." 하신다. "엄마! 엄마는 현찬 아빠가 나를 힘들게 하는데 뭐가 이쁘다고 잘해 주는데?" 하고 짜증을 낸다. "내가 잘해 주면 사위가 기분이 좋고, 그러면 너에게 잘하잖아. 그러니까 나는 다 너를 위해서 하는 거다." 하고 한 수 앞을 내다보고 말씀하신다.

입시생이 된 아들 현찬이에게 어떻게 표현해야 할지 몰라 멋쩍어하고 있는 나를 어떻게 알고 우리 엄마는 또 어느새 손주와 통화를 하고 있다. "손자, 잘 지냈어? 공부하는 거 힘들지? 할머니가 기도 많이 하고 있다. 걱정하지 말고 너무 힘들게 하지 말고 편하게 해. 할머니가 용돈 보냈으니 맛있는 거 사 먹고. 사랑한다."

엄마의 사랑은 따뜻하고 환한 촛불 같다. 나에게 주는 사랑을 남편과 아들에게 나눠주어도 줄어든 것이 아닌 세 배가 되어 온 가족을 밝고 끈끈하게 한다. 내가 부족한 덕에 엄마의 사랑을 우리 가족 모두가 받을 수 있다.

'나는 언제쯤 철이 들지?'

씨앗은 어른이어야만 될 수 있다고 생각한다. 어른이어야 내리사랑을 줄 수 있다. 어른이란 쉽게 되는 것이 아니다. 세상을 살아가면서 제 뜻대로 되는 사람이 어디 있으랴. 갖은 어려움과 괴로움 속에서도 항상 긍정하며 그 어려움이 무슨 뜻인지를 마침내 경험하고, 그제야 세상을 무기력감 없이 받아들이게 되는 사람. 그 후 다시 어떤 시련이 오면 기꺼이 받아들이며, 나를 해칠 거대한 파도로 생각하는 것이 아니라 거친 파도 위에 올라서며 서핑할 줄 아는 사람. 그런 사람 정도 되어야 어른이고, 어른이 된 후에야 씨앗이 될 수 있다.

늦었지만 요즘 진짜 어른이 될 준비를 하고 있는 것 같다. 이것저것 되는 일 없어 하늘을 원망했고, 세상을 미워했다. 이제는 왜 그런 시련이 나에게 왔는지 조금은 감사하기 시작했다. 그러고 나니 엄마가 보였다. 엄마의 사랑이 너무 감사하고 따뜻하게 느껴졌다. 나도 이제 씨앗이 될 준비를 하고 있다. 내가 씨앗이 되는 날 나도 진정한 의미의 새 이파리를 창조하는 기쁨을 누릴 수 있을 것이다.

↳ 댓글 1: 저 역시 언제나 큰 나무 같던 어머니를 닮고 싶었는데…. 이러한 마음들이 연결되고 이어져서 세대가 흘러가는 거겠죠. 천국에 가신 그리운 어머니가 더욱 보고 싶습니다.

↳ 댓글 2: 저도 씨앗이어야 하는 엄마인데, 아직 많이 부족하네요. 그리고 또 나의 씨앗이었던 엄마를 떠올려 보니, 저는 새싹에 잔잔한 에너지를 몰래 주셨었네요. 그땐 왜 몰랐을까요? 철없는 식물 여기 하나 있었네요.

↳ 댓글 3: _____

행복을 부르는 마법 주문

이영주

한 줄 에필로그

행복을 지키기 위해서 결핍을 향한 시선을 차단해야겠다. 오롯이
'내 앞에 있는 컵'에 집중하며 컵이 있음에 감사하자.

"네 컵은 반이 빈 거니, 반이 찬 거니?" 두더지가 물었어요.
"난 컵이 있다는 것만으로도 너무 좋은데." 소년이 말했습니다.

『소년과 두더지와 여우와 말』, 찰리 맥커시, 상상의 힘

"네 컵은 반이 빈 거니, 반이 찬 거니?"

두더지가 소년에게 물었다. 찰리 맥커시의 『소년과 두더지와 여우와
말』의 한 장면이다. '물이 반밖에 없어.'라고 하면 부정적 관점이 떠오르
고 '물이 반이나 있어.'라고 하면 긍정적 관점이 떠오른다. 그런데 이건
의도가 너무 뻔한 질문이 아닌가?

어서 오세요, 이곳은 에세이 클럽입니다

그때, 소년이 답했다.

"난 컵이 있다는 것만으로도 너무 좋은데."

소년의 답변은 간결하지만 깊은 울림을 준다. 긍정적 관점과 부정적 관점의 차원을 뛰어넘는 묵직한 삶의 지혜, 대상의 존재 의미와 가치를 인정해 주는 사려 깊은 마음이 느껴진다.

'컵이 있다는 것만으로도 너무 좋은 삶'을 살지 못했던 미운 오리 새끼 시절이 있었다.

첫아이를 출산한 직후 남편은 나보다 일찍 출근하고 늦게 퇴근했고 친정도 시댁도 거리가 멀어 독박육아를 해야 했다. 그때 대학 동창생과 같은 학교에서 근무하게 되었고 같은 아파트, 같은 동에서 이웃사촌으로 살게 되었다. 아이들의 월령이 같아 학교 이야기는 물론 육아 정보, 남편과 시댁 이야기 등등 살아가는 이야기를 두런두런 많이 나누었다. 마음이 너그럽고 성품이 유순한 친구는 나에게는 숨구멍이었고 비빌 언덕이 되어 주었다.

그런데 내 마음에 문제가 생기기 시작했다. 우리는 남편들이 퇴근하기 전까지 아이들을 데리고 함께 시간을 보냈다. 친구의 남편은 퇴근이 빨랐고 그의 손에는 언제나 떡볶이나 순대 같은 먹거리가 들려있었다. 오붓한 친구네 세 가족이 돌아가고 나면 남편이 돌아오기까지 까마득한 시간을 더 기다려야 했다. 새벽이 되어서야 퇴근해서 돌아온 남편의 손은 언제나 빈손이었다. 이런 상황이니 고되게 일하고 퇴근하는 남편이 안쓰럽기는커녕, '내가 왜 이런 사람하고 결혼을 했나?' 하는 불평의 마음이 자라났다. 그 늦은 시간까지 일하면서도 박봉에 시달려야 하는 남편의 어깨가 무능력하게 보이기도 했다. 나의 뾰족한 마음은 날카로운 비난의 말이 되어 남편의 가슴을 쿡쿡 찔러댔다. 남편은 '엄친아' 아닌 '아친남(아내 친구 남편)'과의 비교에 지쳐갔다. 우리는 종종 어린 아기를 가슴에 안고 큰 소리를 내며 부부 싸움을 했다. 부모의 싸우는 소리가 아기들한테는 전쟁과 같은 스트레스라고 했는데 한 살배기 아들은 성난 엄마 품에 안겨서 분노에 찬 아빠를 상대로 힘겨운 전쟁을 겪어야 했다.

그러던 어느 날 친구가 좀 더 넓은 평수의 길 건너에 있는 아파트로 이사를 갔다. 신기하게도 우리 집의 부부 싸움은 그날 이후 봄눈 녹듯 사그라졌다. 친구가 이사 가기 전까지 우리 부부 싸움의 원인이 친구네 가정 때문이었던 것을 몰랐다.

사실 부부 싸움의 진짜 원인은 '나'였다. 친구에 대한 비교 의식, 상대적 박탈감, 열등감, 시기와 질투심이 문제였던 거다. 어리석게도 물이 담긴 컵을 보고, 내 컵의 물이 더 많은지 친구의 컵에 물이 더 많은지 비교하며 삶을 측정하고 우열을 가리는 미숙한 행동을 했다. 상대적으로 내 컵의 물이 적게 느껴져서 나 자신과 남편을 괴롭혔고, 친구에게는 시기와 질투의 마음을 품었다. 만약 내 컵의 물이 더 많게 느껴졌다면 친구에게 교만과 가식의 모습을 보였을 것이니 이 역시 해피엔딩은 아니었을 것이다.

가족을 위해 수고로이 일하는 남편이 있기에 사랑받고 사랑하며 힘을 합하여 살아갈 수 있었다. 그 시절 그 친구가 있었기에 아이를 키우며 막막했던 순간들을 외롭지 않게 견뎌낼 수 있었다. 이들의 존재만으로도 힘이 되고 위로가 되었던 것을 그때는 왜 몰랐을까. 젊었을 때는 그때의 부끄러운 감정들을 인정하고 싶지 않았다. 세월이 흐른 한참 뒤에야 나의 잘못에 대해 솔직해졌고, 남편과 그 시절에 관해 이야기를 나누고 진심 어린 사과를 할 수 있었다. 친구와는 어영부영 연락이 끊기고 오랜 시간이 흘렀다. 긴 세월의 강을 건넜지만 언젠가 나의 솔직한 마음을 그녀에게 전할 수 있기를 바란다.

우리 부부는 그 이후로도 크고 작은 싸움을 많이 했다. 무수한 다툼과 그만큼의 화해를 거치며 26년을 동고동락하며 살아왔다. 그리고 이제는 서로의 존재를 가장 귀하게 여기는 우아한 백조 부부가 되었다. 우리 부부는 대화를 많이 나눈다. 불평이나 불만의 마음이 생길 때는 자그마한 것이라도 곧바로 이야기를 나눈다. 서로의 섭섭함을 달래주거나 오해가 쌓이지 않도록 대화를 한다. 사실은 내가 주로 이야기하고 남편은 내 이야기를 들어준다. 그런데 남편이 유난히 나보다 더 많이 하는 말이 있다.

"난 우리 부인이 있어서 너무 좋아."

그때마다 나는 항상 뻔뻔하게 답한다.

"당연하지."

우리는 그렇게 함께 웃으며 서로를 꼭 안아준다.

"네 컵은 반이 빈 거니, 반이 찬 거니?"

반이 빈 것은 결핍이다. 반이 찬 것도 결국은 완전한 채움이 아니므로 이 또한 결핍이라고 할 수 있다. 곰곰이 생각해 보니, 이 질문 자체가 결핍을 유도하는 우문(愚問)이 아닐까? 세상은 우리에게 이런 종류의 질문을 끊임없이 던지며 부족한 것에 집중하게 만든다. 돈, 명예, 성공, 자식, 건강. 채워도 채워도 채워지지 않는 끝없는 욕망은 만족을 앗아가고 행복을 삼켜 버리곤 한다.

행복을 지키기 위해서는 결핍을 향한 시선을 차단해야겠다. 오롯이 '내 앞에 있는 컵'에 집중하며 그저 컵이 있음에 감사하자. 존재하는 그 자체만으로도 기쁘고 고마운 것이 얼마나 많은가 돌아보면 저절로 미소가 피어난다.

그러니 삶이 초라하게 느껴지고 마음이 꿀꿀해질 때, 행복을 부르는 마법 주문을 잊지 말자.

"난 컵이 있다는 것만으로도 너무 좋은데."

↳ 댓글 1: 그저 컵이 있음에 감사하자. 내가 가진 것에 집중하자. 인생의 진리를 이렇게 읽고 갑니다. 더하기. 『반반이』 라는 그림책도 읽어보세요!:)

↳ 댓글 2: 컵이 있다는 것만으로도 좋은 마음, 자꾸 잊게 되는 행복 주문이네요. 덕분에 다시 한번 나에게 있는 컵들, 그 존재만으로도 얼마나 감사한지 되새겨 봅니다.

↳ 댓글 3:

어서 오세요, 이곳은 에세이 클럽입니다

꼭 안아줄게

황지현

한 줄 에필로그

그림자는 먼저 나를 안아주고 있었는지도 모른다. 고맙게도 그림자
가 먼저 나와 같이 살아주고 있었는지도 모르겠다.

그림자가 일어났다. 기척이 느껴졌다.

어느 날, 그림자가 불쑥 일어났다. 아무런 예고도 없이.

어쩌면 그것과 싸우는 것이 아니라, 같이 살아내야 하는 건지도 모른다.

『백의 그림자』, 황정은, 창비

분명 매일 보던 단어인데 어느 날, 어느 순간 낯설게 느껴질 때가 있
다. 늘 보던 익숙한 단어의 모습이 어딘가 좀 어색한 그런 날이 있다. 생
김새만 그런 것이 아니다. 아무렇지 않게 쓰던 단어가 갑자기 다른 느낌
으로 다가올 때가 있다. 이 단어가 원래 이렇게 쓰이던 단어였던가.

그날, 이 책을 읽었던 그날, '**그림자**'가 그랬고, '**일어났다**'가 그랬다. 항상 그림자를 의식하고 사는 사람은 없다. 나 역시 그림자를 의식하지 않고 살고 있다. 그림자는 언제나 내 발치에 붙어 있었고 주변 어딘가에 짧게든 길게든 당연히 존재하는 것이니 크게 신경 쓸 대상이 아니었다. '그림자가 일어났다'라는 문장은 그래서 낯선 문장이었다. 그런데 이 문장이 낯설다고 생각한 순간, 단어들의 '**기척이 느껴졌다**'. 문장이 살아났다.

소설 속에 나오는 각각의 인물들은 어느 날 우연히 그림자의 기척을 느낀다. 무재의 아버지는 불쑥 일어나 떠나가는 그림자를 따라가 영영 돌아오지 않는다. 어릴 적 그것을 지켜본 무재는 자신의 그림자도 벌떡 일어나 사라져 버릴까 봐 두려워한다. 이런 무재와 연인인지 연대인지 모를 관계인 은교도 있다. 은교는 그림자가 자신을 덮쳐버릴 것 같다는 두려움을 가지고 있다. 하지만 그녀와 무재는 사라지지 않게, 덮쳐지지 않게 서로의 이름을 불러준다. 그렇게 그림자에 무너지지 않게 서로를, 그리고 자신을 지키며 살아낸다.

누군가의 그림자가 일어난다. 끝이 달랑 펄럭거리기도 하고, 어느 부분이 불쑥 솟아나기도 하고, 한 부분이 거대해져 덮치기도 하고, 저 멀리 혼자 멀어졌다가 슬그머니 돌아오기도 한다. 누군가의 등에 업혀 그 누군가를 조종하기도 하고, 깊고 깊은 곳으로 끌고 가기도 한다. 왜 그러는 걸까? 그림자의 존재를 가능하게 하는 본체가 사라지면 그림자도 사라지는 건데, 그림자는 세상에서 사라지고 싶었던 걸까? 아니면 그

어서 오세요, 이곳은 에세이 클럽입니다

그림자의 본체인 주인(이라고 해도 되나)의 사라지고 싶은 마음이 투영된 것일까?

　그럼, 내 그림자는 어떨까? 지금도 옆에 붙어 있는 그림자를 물끄러미 내려다보고 물었다. "너도 일어날 거야?" 까만 나의 실루엣은 아무런 답이 없었다. 그러고 보니 그림자는 나 때문에 항상 빛을 받지 못했다. 늘 음지에 존재한다. 그림자는 한 존재의 어둠을 고스란히 받아내고 있었다. 버티고 버티고 버텨내다가 참을 수 없을 만큼 어둠을 가득 안았을 때, '이제 더 이상 못 버티겠어!' 하고 일어나는 걸까? 빛을 받지 못한 채 매일 그 곁을 지키는 그림자는 무슨 생각을 하고 있을까? 그림자를 보자 생각에 생각이 꼬리를 물었다.

　어쩌면 일어서려고 했을지도 모른다. 아니, 일어난 적이 있었을지도 모른다. 다만 내가 이를 보지 못했을 뿐. 소설 속 인물인 무재와 은교와 나는 다른 사람이다. 무재와 은교가 그림자를 통해 느끼는 무력감이나 상실감, 두려움, 움츠림 같은 단어는 나와 거리가 멀다. 큰 좌절 없이 어지간한 일은 '다 잘될 거야.' 하며 넘겨왔고, 실제로 대부분 잘 지내왔다. 그래서 이 단어들, 그리고 이 문장이 낯설기도 신선하게도 다가왔나 보다.

　이 책은, 이 문장은 이렇게 말하는 것 같았다. 너의 밝음은 그림자가 있어 가능한 거라고, 그러니 너의 그림자를 한 번은 봐주라고. 묵묵히 곁을 지켜주었던, 의식할 생각조차 하지 않았던 그 존재를 알아주라고 말이다. 그렇게 생각이 이어진 순간, 지금까지 생각해 보지 않았던 그림자에 조금 미안했고 또 고마웠다.

그림자는 그의 삶의 무게라는 생각이 든다. 삶의 농도라는 생각도 든다. 누구에게나 그림자는 있다. 옅을 수도 짙을 수도, 가벼울 수도 무거울 수도 있다. 인생 어느 한순간의 빛의 위치와 빛의 정도에 따라 각자의 그림자는 모두 다를 것이다.

어느 날 나의 그림자도 **불쑥 일어날지도 모른다. 아무런 예고도 없이** 팔랑거리거나 솟아오르거나 어딘지 모르는 곳으로 끌고 가려 할 수도 있다. 그러면, 뭔가 준비를 해야 하나? 그런 그림자를 만나게 되면 어떻게 해야 할까? 나는 그림자와 싸우고 싶지 않다. 내게 온 문장이 말하고 있듯, **같이 살아내야 하는 것**이니까. 그러니 언젠가 그림자를 만나게 된다면 먼저 덥석 안아줘 버리려고 한다. 우리 싸우지 말자고, 어차피 평생 붙어 있을 거 이제는 발맞추어 같이 가자고. 그 순간 그림자가 어떤 표정을 지을지 그건 좀 궁금하다. 그림자가 과연 표정을 보여줄 수 있다면 말이다.

또 이렇게도 생각한다. 그림자가 떨어지지 않고 꼭 붙어 있었던 건 그림자 역시 같이 살아내고 싶어서였던 게 아닐까라고 말이다. 하루를 같이 걸으면서. 마음이 즐거운 날에는 한결 가볍게 팔랑거리고, 무거운 마음일 땐 유난히 더 진하게 바닥에 눌어붙어 있으면서. 그림자는 마음을 깊이 읽어 같이 기뻐하고 같이 지치는 친구 같은 존재로 있어 주었던 건지도 모른다.

어서 오세요, 이곳은 에세이 클럽입니다

그림자에 관한 재밌는 상상을 하나 더 해 본다. 빛과 어둠의 경계를 나누지 않아도 되는 밤이 오면 그림자는 몰래 일어난다. 어쩌면 힘들었을지 모를 내가 불을 끄고 침대에 누웠을 때, 그제야 그림자는 슬그머니 곁에 선다. 그리고 안아준다. 오늘도 고생했다고, 충분히 잘 보낸 하루였다고 작은 토닥임을 전한다.

그림자를 마주하는 날이 오면 먼저 안아주겠다고 했지만 어쩌면, 이미 매일 밤, 내 그림자는 먼저 나를 안아주고 있었는지도 모른다. 고맙게도 그림자가 먼저 나와 같이 살아주고 있었는지도 모르겠다.

> ↳ 댓글 1: 제 그림자에 대해서도 다시 돌아보게 되었어요. 저를 안아주고, 같이 살아주는 그림자라니, 위로됩니다. 덕분에 삶의 무게이며 농도인 그림자를 생각해 볼 수 있었어요. 제 그림자가 팔랑팔랑 가볍게 춤추듯 살았으면 좋겠습니다.

> ↳ 댓글 2: 저는 '그림자'가 제 안에 숨겨진 어두움 같아요. 어두움이 너무 커지면, 불쑥 일어나 존재감을 나타내는 거죠. 글을 쓰면서 전보다 더 나의 그림자를 인정하게 되는 것 같아요.

> ↳ 댓글 3:

높이와 깊이

서균화

한 줄 에필로그

세상의 높이와 깊이를 묵직하게 하는 경험 앞에서 할 수 있는 건 거의 없다. 겸허하게 받아들이는 자세를 배울 뿐이다.

내 첫 기억은 추락입니다. 나는 떨어졌다, 식탁에서. 내가 아기였을 때. 순간 알아버렸습니다. 세상에는 높이와 깊이가 있다는걸.

『이중 하나는 거짓말』, 김애란, 문학동네

온 골목을 뛰어다니며 놀았던 시절, '계단 뛰어내리기'는 동네 꼬마들이 애정하는 놀이였다. 한 칸, 두 칸, 세 칸, 점점 계단을 높여가면서 뛰어내렸고, 가장 높은 계단에서 뛰어내린 아이는 친구들의 감탄을 받으며 골목대장으로 인정받았다. 우리는 점점 대담해져서 뛰어내릴 높이를 높여갔고, 마침내 대문 위 장독대가 있는 작은 공간에서 모험을 감행하기로 했다. 그곳에서 내려다본 높이는 생각보다 더 높았고, 막상 뛰어내리려니 아찔했다. 가슴이 두근거리고 무서워지기 시작했다. 그만두겠다는 말을 꺼내려 할 때, 아래에서 올려다보는 동생이 보였다. '누나는 해낼 거야'라는 믿음으로 한 톨의 의심 없이 우러러보던 그 눈빛! 눈을 질끈 감고 뛰어내렸다. 땅에 발이 닿는 순간 강렬한 아픔이 발목을 쑤셔댔다. 이후의 기억은 잘 나지 않는다. 엄마에게 등짝을 맞으며 엄청 혼이 났고, '뛰어내리기' 놀이는 당분간 금지되었다. 아픔을 줄 수 있는 높이가 있다는 걸 알게 된 첫 기억이다.

초등학교 3학년 때, 별다른 이유 없이 배가 아프고 다리를 절뚝이기 시작했다. 부모님은 애타서 이 병원 저 병원으로 나를 데리고 다니며 검사를 했지만, 뚜렷한 병명은 찾지 못했다. 절뚝거림은 점점 심해져 육교 계단을 채 오르지 못할 정도로 상태가 나빠졌다. 막막했던 엄마는 침으로 온갖 병을 고친다는 분의 소문을 듣고, 혹시 하며 나를 데리고 그곳에 갔다. 버스를 타고 꽤 먼 거리를 이동 후 내렸고, 내려서도 오래 걸었다. 가는 도중 육교가 있었는데, 계단을 조금 오르다가 다리에 힘이 빠져 여지없이 주저앉았다. 엄마는 나를 업었다. 10살짜리 여아의 몸은 꽤 묵직했을 텐데도 엄마는 나를 업고 육교를 오르내리며 그 집 대문 앞까지 땀을 뻘뻘 흘리며 걸어갔다. 엄마의 땀과 호흡이 등을 통해 내 가슴까지 전달되었다. "엄마, 안 무거워? 힘들지?" "괜찮아, 엄만 얼마든지 우리 딸 업을 수 있어." 엄마가 나를 업고 한 발 한 발 올라간 육교는, 세상에는 나에게 힘을 주는 깊이를 가진 높이도 있다는 걸 알게 해준 기억이다.

초등학교 5학년 때, 짝꿍이 된 남자아이는 하얗고 조용했다. 우리는 마음이 꽤 잘 맞았고, 별것 아닌 일로 기분 좋게 티격태격하곤 했다. 서로 핀잔을 주면서도 킥킥대며 즐거워했다. 당시 같은 반 여학생들은 어려운 수수께끼였다. 무엇 때문에 화내는지, 왜 짜증을 내는지 제대로 답을 맞힐 수 없었다. 그에 비해 짝은 잘 읽히는 책 같았다. 감정은 투명하고 선명했으며 우리는 서로가 편했다. 그날도 짝과 나는 누가 먼저 책상에 그어놓은 선을 넘었는지를 두고 투닥거리고 있었다. 그때 바로 뒤에 앉아 있던 부반장 아이가 말했다. "어유, 깨가 쏟아지네, 쏟아져." 야유 같기도 하고 놀림 같기도 했던 그 소리는 찬물처럼 나와 짝 사이에 쏟아졌고 순간 둘 다 얼어 버렸다. 우리를 둘러싼 아이들의 수군거림이 들려왔다. 학급에서 구경꾼이던 우리가 갑자기 무대 중심에 내동댕이쳐진 것 같았다. 그 이후로 나와 짝은 서로에게 조심스러웠고 더 이상 편하게 말을 주고받을 수 없었다. 눈이 마주치면 일부러 얼굴을 돌렸고 우리 사이의 편안하고 유쾌했던 토닥거림이 사라졌다. 별거 아닌 말 한마디가 우리의 관계를 전혀 다른 방향으로 틀어놓았다. 지금도 기억한다. 부반장이 나와 짝 사이에 말을 던졌을 때 '쿵' 했던 내 심장 소리를. 세상에는 의도했든 하지 않았든, 관계를 바꾸는 깊이를 가진 말이 있다는 걸 심장소리와 함께 기억하게 되었다.

중학교 때, 학급 친구의 아버님이 돌아가셨다. 그 친구는 아주 가깝진 않았지만, 서로 호감의 테두리 안에서 그럭저럭 이야기를 나누는 사이였다. 소식을 듣고 안타까웠지만 장례식장에 직접 찾아갈 생각은 조금도 없었다. 아버님이 돌아가신 장례식장, 그 무겁고 낯선 장소에 간다는 건 생각만으로도 몸이 움츠러졌다. 그런데, 단짝 친구가 간다는 것이다. 그리고 담임 선생님께서도 내가 같이 갔으면 하는 무언의 눈으로 바라보셨다. 정신 차리고 보니 어느새 나는 그 친구 앞에 서 있었다. 상복을 입은 친구는 우리를 보자 울고 또 울었다. '얼굴이 눈물로 젖는다'라는 말이 무엇인지 알 수 있었다. 친구의 울음에 우리도 울기 시작했고, 흐느끼기만 할 뿐 그 어떤 말도 건넬 수 없었다. 그때 내 손과 발이 너무나 낯설게 느껴져 도대체 어디에 어떻게 두어야 할지 몰라 당황스러웠다. 슬픔이 너무 깊어 그 어떤 말로도 위로되지 않는 순간, 세상에는 그런 깊이도 있다는 걸 알게 되었다.

그 이후로도 세상의 다양한 높이와 깊이를 경험하였다. 때로는 기쁨으로, 때로는 슬픔으로, 그리고 많은 순간 단순하게 구별되지 않는 그 사이의 어디쯤으로, 높이와 깊이를 경험하였다. 나는 엄마가 되었다. 이후 내 세상은 엄마가 되기 전과 후로 나뉘었다. 엄마가 되기 이전의 경험도 세상의 높이와 깊이를 풍부하고 다양하게 했지만, 엄마가 된 이후는 혁명과도 같았다. 두 남매의 엄마가 된 나는 아이가 태어난 순간부터 지금까지 하루하루 내 세계의 깊이와 높이가 달라지는 것을 경험하고 있다. 두 아이는 날마다 반성문을 쓰게 했고 매일 쓰러지게 했으며 다음 날 다시 새로 계획표를 세우게 했다.

지금 첫째는 사춘기 터널을 지나고 있다. 엄마로서 경험하게 된 딸의 사춘기는 괴로움의 불구덩이다. 딸의 사춘기를, 나는 미워하면서 사랑하고, 사랑하면서 미워한다. 딸만 사춘기가 아니다. 나 또한 같이 딸의 사춘기를 통과하고 있다. 아이 어렸을 때보다 격렬하게 반성문을 쓰고 다시 계획표를 세운다. 어리석은 나는, 아이를 자라게 하는 말과 행동을 계획만 하고 제대로 사용하지 못한다. 반성문만 한가득 쌓인다. '추락'이 세상의 높이와 깊이를 제대로 실감 나게 하는 것이라면, 지금 나는 인생에서 가장 실감 나게 맛보는 중이다. 가장 사랑하는 딸의 사춘기가 마음 밑바닥까지 아픈 추락을 경험케 하기 때문이다.

부모님이 하루하루 늙어가신다. 노년의 부모님은 누구도 인생에서 피할 수 없는 가슴 아픈 '추락'을 예고한다. 이별의 추락은 생각만으로도 마음이 슬픔으로 조여든다. 예측하든 못하든 세상의 높이와 깊이를 묵직하게 하는 경험 앞에서 할 수 있는 건 거의 없다. 겸허하게 받아들이는 자세를 배울 뿐이다. 예고된 슬픔이 성큼성큼 다가오고 있지만, 어떻게 받아들여야 할지 모른다는 것만 안다.

어서 오세요, 이곳은 에세이 클럽입니다

↳ 댓글 1: 세상에는 무척이나 다양한 깊이와 높이가 존재하네요. 특히 부모님과의 예고된 슬픔을 겸허하게 받아들여야 한다는 말이 아프게 와닿습니다. 생각만 해도 슬퍼집니다.

↳ 댓글 2: 작가님이 경험하신 높이와 깊이를 읽으며 저의 삶을 되돌아보게 되었습니다. 겸허하게 받아들이는 자세를 가르쳐주셔서 감사합니다.

↳ 댓글 3: _____

출근하다

달콤 쌉싸름한 우리의 일터

우리는 일하면서 기뻐하고, 화내고, 서운해하고, 때로는 울컥합니다.
뜻대로 되지 않는 하루 속에서 누군가의 말 한마디에 다시 힘을 얻기도 하
지요. 그렇게 부글거리는 감정들이 모여 우리의 하루를 만듭니다.
그 안에 수많은 글감이 숨겨져 있습니다. 특별한 사건이 없어도 일터에서
펼쳐지는 일상을 기록하면 삶의 온도가 달라집니다.
달콤하고 쌉싸름한 그래서 때때로 부글거리는
우리의 일터에 대해 글을 써봅시다.

이렇게 일상을 기록해요

오늘 일하며 느낀 감정 한 가지 적기
그 감정이 일어난 이유를 구체적으로 써보기
그 감정 속에서 내가 배운 한 가지를 문장으로 남기기

너희가 처음이라 고마워

민정하

한 줄 에필로그

이 세상을 살아가고 있는 너희에게도 처음을 다정하게 품어줄 누군가가 곁에 있기를 또 있었길 바라본다.

누구나 처음은 어렵고 특별하다. 첫걸음마, 첫 등교, 첫 학예회, 첫 교생실습. 특히 첫 발령 때 만난 제자들과의 기억은 나름 행복한 추억이었고 한 번씩 꺼내보면 웃음이 지어진다. 그것은 생애 처음 만난 제자들과 느낀 설렘을 다시 느껴보기는 어려운, 처음만이 줄 수 있는 매력 때문이다.

경북에서 나고 자란 나에게 경남 음식 문화는 신기했다. 대학 시절을 경남 진주에서 보낸 덕분에 순대를 막장(메주를 빻아 만든 가루에 밀, 멥쌀, 보리 등의 전분질을 넣고 소금물을 넣어 10여 일 숙성한 뒤 먹는 된장. 출처: 네이버 지식백과)에 찍어 먹는 것(경북은 소금에 찍어 먹는

다. 주로 채소를 막장에 찍어 먹는다.)이나 미역국에 해산물을 넣어 조리하는 방법(경북은 주로 소고기나 들깻가루를 넣는다.)들을 경험했다. 그래도 4년의 세월은 생소함을 익숙함으로 바꾸어 주었다.

음식 문화 차이에 적응했다고 생각했는데 문제의 급식 날, 메뉴에 망개떡이 있었다. 뭔지 모를 잎사귀가 뽀얀 쌀떡을 감싸고 있었다. 한 번도 보지 못한 음식이었다. 급식 메뉴에 사람이 먹지 못하는 재료를 쓰진 않았을 거라고 나름 추리를 했다. 거기에 건강을 위해 몸에 좋은 잎사귀로 떡을 감쌌을 거라는 날카로운 해석까지 더해졌다. 시험 삼아 한입 베어 먹어보니, 쌉싸름한 잎사귀와 떡 속 달콤한 단팥 앙금이 어우러져 제법 맛이 괜찮았다. 그때 식사를 마친 우리 반 율이가 급식 검사를 위해 곁으로 다가왔다. 율이는 당시 반장으로 초임 교사였던 나를 많이 도와준 고마운 아이다. 떡을 감싸고 있는 잎사귀를 맛있게 먹고 있던 담임 선생님을 본 아이는 다시 조용히 자리로 돌아갔다.

잠시 뒤, 돌아온 율이의 식판은 깨끗했다. 검사가 끝난 뒤, 율이는 급식을 먹고 있던 아이들에게 다가가 무언가 말을 했다. 율이의 말을 듣지 못한 채, 다가온 아이가 이파리도 먹어야 하냐고 물었다. 경남 지역은 잎까지 먹을 방법으로 건강한 음식을 만든다며 칭찬하는 담임의 말에 뭔가 아리송한 표정을 짓던 아이는 조용히 돌아갔다. 그 뒤로 검사받으러 온 아이들의 식판은 깨끗했다. 추측하건대, 율이가 아이들에게 잎까지 다 먹으라고 이야기해 주었으리라. 그렇게 점심시간이 끝나갈 무렵, 옆 반 담임 선생님께서 다가오시더니 황당하다는 듯 물었다. "설마, 망

어서 오세요, 이곳은 에세이 클럽입니다

개떡 잎까지 먹은 거예요? 혹시 아이들한테도 다 먹으라고 했어요?" 알고 보니 망개떡을 만들 때 쓰는 잎은 떡에 특유의 향을 입혀주면서, 음식이 상하지 않게 천연 방부제의 역할을 한다. 보통 먹을 때는 잎을 제거하고 먹는다. 옆 반 선생님은 망개나무잎까지 다 먹은 사람은 오늘 처음 봤다고 하셨다.

신규 선생님이 급식 지도하면서 학생들한테 망개떡 잎까지 다 먹게 했다는 소식은 금세 학교 전체로 퍼졌다. 그렇게 40학급이 넘는 제법 큰 학교에서 부임한 지 일주일 만에 명성을 얻었다. 교실로 돌아와 미안하다고, 선생님이 망개떡을 먹는 방법을 몰랐다고 사과했고 부끄러움에 얼굴이 빨개진 나를 보고 아이들은 하나같이 괜찮다고 위로했다. "선생님 덕분에 태어나서 잎사귀 처음 먹어봤어요. 나름 맛있었어요.", "더 건강해진 것 같아요. 100살까지 살 수 있을 것 같아요.", "선생님 덕분에 오늘 일기 쓸 거리 생겼어요." 아이들의 따뜻한 말이 달달한 망개떡 속 앙금처럼 긴장한 마음속에 사르르 스며들었다.

그 후로 이 아이들과 함께한 첫 순간이었던 모든 것이 추억이 되었다. 교실 화단에 조그맣고 딴딴한 강낭콩을 심어본 날과 새싹이 난 강낭콩을 관찰하며 함께 키우던 일, 운동회와 치어 댄스, 소풍, 수련회. 그렇게 처음이라는 이름이 붙은 활동들을 함께했다. 익숙하지 않아 서툴기만 하고 실수투성이였지만 즐거웠다. 학교가 이렇게 즐거울 수도 있구나! 첫걸음이라 힘들었던 여러 일들을 아이들과 도와가며 하나씩 해결해 나갔다. 그렇게 교직 1년 차의 나무에 한 줄의 나이테가 진하게 그어졌다.

수업을 마친 아이들이 떠나간 조용한 교실 속 내 책상 위에는 매일 말랑한 마음들이 놓였다. 사랑해요, 힘내세요! 라는 문구와 과장되게 예쁜 내 모습이 그려진 손바닥만 한 편지나 쉬는 시간을 이용해 틈틈이 만들었을 종이접기 작품들. 아이들의 사랑이 담뿍 담긴 마음 덕에 네모투성이의 딱딱한 교실이 따뜻함으로 가득 찼다. 첫 만남으로 서로의 온기를 나누고 보듬었던 4학년 9반의 교실. 나는 선생님이자 어른이었지만 아이들과 소중한 추억을 만들었고, 그들에게 위로받았다.

사랑하는 첫 제자들에게

처음. 그 서투른 진심을 예쁘게 보아준 너희들 덕에 선생님은 첫해를 잘 보낼 수 있었단다. 어른에게도 시작은 너무 긴장되고 힘들거든. 과연 내가 선생님으로서 잘해 나갈 수 있을까? 그런 의심을 따뜻한 시선과 응원으로 거두어 준 너희 덕분에 나는 아직도 선생님으로 한 켠의 교실에서 즐겁게 살아가고 있어. 4월에 우리가 함께 심었던 강낭콩 기억나니? 그 작은 콩알이 도대체 어떻게 싹을 틔울까? 걱정도 많았지만 결국 시간이 흘러 우리는 작고 여린 싹을 볼 수 있었지. 쉬는 시간마다 새싹을 보기 위해 창문가에 옹기종기 모여 있던 너희들. 식물 키우기에 서툰 나를 도와 천장에 줄도 연결하고, 줄기에 생긴 벌레도 함께 잡으며 가을에는 씨앗까지 받을 수 있었지. 헤어지던 날, 한 알씩 나누어 가진 강낭콩 씨앗. 다음 해에 그 씨앗을 심고 보니, 너희와 함께한 추억이

어서 오세요, 이곳은 에세이 클럽입니다

떠올라 수업하다가도 갑자기 웃음이 나오기도 했어. 설렘과 기대, 어설픔, 모자람을 함께하고 품어주었던 나의 첫 제자들. 항상 고마웠어. 이 세상을 살아가고 있는 너희에게도 처음을 다정하게 품어줄 누군가가 곁에 있기를 또 있었길 바라본다.

↳ 댓글 1: 저의 좌충우돌 신규 시절을 추억해 봅니다. 저의 풋풋함과 미숙함을 동시에 사랑해 준 아이들 덕분에 제가 이만큼 자랐네요. 이 글을 통해 그 옛날 첫 제자들과의 만남까지도 연결되길 바라요.

↳ 댓글 2: 선생님을 따라 망개떡 잎까지 다 먹고는 미안해하는 신규 선생님에게 아이들이 하는 말이 너무 감동이에요. 어쩜 그 예쁜 마음, 달콤한 마음에 제가 울컥해버렸어요. 선생님의 처음을 다시 생각하는 하루가 되었을 것 같아요. 행복한 마음으로 오늘도 행복하세요~

↳ 댓글 3:

작지만 큰 사랑

윤미영

한 줄 에필로그

아이들이 나에게 주는 것이 훨씬 크고 아름답다는 것을 알게 된 지금 나는 교사로 사는 삶을 힘듦이나 소진이 아닌 사랑이라고 말할 수 있게 되었다.

임용고시에 떨어졌다. 조기 졸업도 했고, 성적도 우수한 편이었다. 그러나 정식으로 교사가 되는 일은 생각보다 쉽지 않았다. 우울한 마음을 추스르기 위해 공부를 멈추고 대신 일을 하기로 했다. 의정부의 한 중학교와 인연이 닿아 기간제 교사로 첫 근무를 시작했다. 새 학기 첫날, 복도를 지나가는데 아이들이 큰 소리로 인사를 했다. "효도하겠습니다." 이상하고도 신기했다. 효도하겠다니. 그 인사를 그렇게나 밝고 크고 신나게 할 수 있다니. 인사를 받을 때마다 아직 결혼도 하지 않았던 20대의 나는 어색한 표정을 감출 수가 없었다.

계약 기간 6개월을 근무하는 동안 차곡차곡 추억이 쌓였다. 아이들과 헤어질 시간이 성큼 다가왔다. 내가 떠난다는 걸 알게 된 아이들은 내게 마음을 담아 쓴 편지를 모아서 주었다. 틈만 나면 사진을 함께 찍자고 했고, 손뼉을 치며 노래를 부르라고 응원을 해 주었다. 그때 젊은 선생님답게 아이들 앞에서 핑클의 노래를 열창했고, 아이들의 앵콜에 기다렸다는 듯 화답까지 해 주었다. 헤어짐까지도 고스란히 추억이 되었다. 사랑스러웠던 나의 첫 제자들, 귀여운 1학년 아이들과 헤어지는 일은 아쉽고도 또 아쉬웠다. 짧은 시간이었지만, 아이들이 내게 주었던 사랑은 보이지 않는 형태로 내 마음에 깊게 남았다.

학교를 떠나 다시 시험 준비에 매달린 시간은 외롭고 힘들었다. 아이들의 사랑이 어딘가 남아 있다고 느낀 것은 바로 그 시기였다. "효도하겠습니다."라고 인사하는 아이들이 떠올라서, 힘을 모아 함께 외치는 인사말이 두고두고 정겨워서 꼭 선생님이 되어야겠다는 각오를 매일 새롭게 가다듬을 수 있었다. 특정한 얼굴을 떠올린 것은 아니었지만, 지칠 때마다 아이들과 함께하던 순간이 생각났다. 따뜻하고 다정한 사랑의 인사말이 오가는 학교로 얼른 돌아가고 싶었다. 끝이 보이지 않을 것 같은 시간이 흐르고, 마침내 그해에 임용고시에 합격했다. 나는 믿는다. 그때 나의 합격에는 아이들이 건넨 인사의 힘이 담겨 있다고.

긴 시간 학교에서 만난 아이들은 저마다의 사연이 있었다. 마음이 아픈 아이, 친구와의 갈등으로 힘들어하는 아이, 부모님과의 갈등과 불화로 힘든 아이, 게임에 빠져 지각하는 아이, 폭력적인 아이, 열심히 해도 성적이 오르지 않아 좌절하는 아이, 친구들에게 상처받고 상처를 주는 아이, 학습 속도가 느린 아이까지. 물론 자기 할 일을 열심히 하며 꿈을 이뤄가는 아이들도 많았지만 늘 내 손길이 필요한 아이들에게 보이지 않는 사랑을 주는 것이 교사의 일이라고 믿었다. 그러나 아이들의 어려움과 고민 안에 함께 머물다 보면 때로는 지쳤고, 어느 순간 빈 껍데기만 남은 듯한 허전함이 자주 밀려오기도 했다.

다시 인사말의 힘을 꺼내게 된 것은 세 번째 발령지에서였다. 그곳은 내가 육아휴직을 5년이나 했던 곳이기도 하다. 그로 인해 세 번째 학교에서 10년 동안 적을 두게 되었다. 긴 시간 그곳에 머물면서 내 삶은 다양한 모양이 되었다. 학교가 인생의 전부인 것처럼 일에 몰입했다가, 회의감과 우울감을 견디지 못해서 육아휴직을 했다. 그 사이 늦둥이 막내를 낳아 세 아들을 키웠고, 코로나 시기에 복직해 온라인 수업과 실습 같은 낯선 상황에 매일 도전했다. 교사로서 안정감이 생겼다고 느꼈던 것도, 학생들을 그냥 교사가 아닌 엄마의 눈으로 더 너그럽게 바라볼 수 있게 된 것도 그곳에 있는 동안에 일어난 일이다.

그 학교에서 특별히 좋았던 건, 어디서나 들을 수 있는 아이들의 인사였다. "사랑합니다." 하루에도 수십 번, 복도와 교실, 운동장에서 그 인사말을 들을 수 있었다. 명랑한 목소리는 마음을 포근하게 데웠고, 없던 사랑이 저절로 생겨나는 마법 같았다. 인사 한 번으로 내가 속한 세계로

부터 환대받는 기분이 된다는 것은 정말 멋지고 행복한 일이다. 때로는 아주 사소해 보이는 것들이 많은 것을 바꾸기도 한다. 내게는 아이들의 인사말이 그랬다.

　이제는 안다.
　내가 아이들에게 주는 것보다 아이들이 나에게 주는 것이 훨씬 더 크고 아름답다는 것을. 작고 사소해 보이지만 너무도 큰 사랑을 매일 받았다는 것을 말이다. 그리고 그 힘으로 학교에서 보낸 매 순간 한 사람으로서의 내가 성장해 왔다는 걸.
　수업 전 "사랑합니다!" 하고 외치는 인사 속에서, 집중하는 아이들의 눈빛 속에서, 작품에 몰입하고 집중하는 손끝에서, 작지만 확실한 성장을 이뤄나가는 모습 속에서 자꾸 사랑을 발견하는 교사가 된다. 내가 주는 것보다 아이들이 나에게 주는 것이 훨씬 크고 아름답다는 것을 알게 된 지금 나는 교사로 사는 삶을 힘듦이나 소진이 아닌 사랑이라고 말할 수 있게 되었다. 그 사랑은 인사말처럼 아주 작지만, 말할 수 없이 큰 힘을 가진 것이란 것도.

↳ 댓글 1: '사랑합니다'는 많이 들었는데, '효도하겠습니다'는 뭔가 재밌네요. 어떻게 보면 정말 스쳐 지나갈 인사말이지만 그 작은 것에서 크나큰 힘을 얻어가는 게 우리 일의 행복 아닐까 싶어요!

↳ 댓글 2: 작은 것도 놓치지 않고 그 안에서 사랑과 소중함을 캐내어 귀한 씨앗처럼 가꾸어나가는 마음이 반짝이는 별 같아요. 지치다가도 '작지만 큰 사랑'이 주는 에너지로 또 행복해하는 게 우리 교사들인가 봐요.

↳ 댓글 3: _____

진행형 일일 드라마

황지현

한 줄 에필로그

나의 학교. 그곳에는 향수도 있고, 불안도 있고, 청춘도 있고, 책임
도 있다. 그리고 무엇보다 성장이 있다.

학교는 나에게 집과 같은 공간이다. 하우스가 아닌 홈으로서의 집. 굳
이 생각하지 않아도, 말하지 않아도 그냥 있는 것. 학창 시절에만 한정
된 이야기가 아니다. 왜냐하면 나는 교사이기 때문이다. 자는 시간을 빼
면 하루 절반은 집에서, 절반은 학교에서 보낸다. 그러니까 학교는 그냥
당연한 곳이다. 이유도 설명도 필요 없이 그냥 그렇게 오고 가는 곳.

약 30년 전 초등학교에 입학한 나는 지금까지 계속 학교에 다니고 있
다. 초등학교 6년, 중학교 3년, 고등학교 3년, 대학교 4년. 총 16년을 학
생으로 학교에 다녔다. 그리고 임용고시에 합격하고는 선생님으로서 지
금까지 익숙했던 교실이라는 공간에 새롭게 나를 놓는다. 학교는 늘 현

재의 공간으로, 삶의 모든 시절과 공간은 학교와 깊이 연결되어 있다. 그렇기에 내 오롯한 인생이 이곳에 스며 있다고 해도 과언이 아니다.

너무나도 익숙한 일상이었기에 돌아볼 생각조차 하지 않았던 나와 학교. 그 관계를 다시금 생각하게 되었다.

나의 학교. 그곳에는 향수도 있고, 불안도 있고, 청춘도 있고, 책임도 있다. 그리고 무엇보다 성장이 있다.

내가 만난 첫 학교는 당연히 초등학교이다. 나이를 뭐 그렇게 많이 먹은 것도 아닌데 그 시절을 떠올리면 괜히 아련하다. 그때의 학교는 배움보다는 놀이의 공간에 더 가까웠다. 짙은 나무색의 바닥에 둘러앉아 공기놀이를 하고, 까만 고무줄 하나를 길게 잡고 '아프리카 사람들은 마음씨가 좋아! 좋아!' 노래 부르며 줄을 뛰어넘고, 학교 앞 또또분식집에서 떡볶이를 사 먹으며 마냥 까르르 까르르 뛰어다니던 시절들. 그 시절의 모든 풍경이 따뜻한 향수로 남아 있다.

칠판지우개를 서로 털겠다며 투닥거리다 분가루가 목구멍에 한가득 들어와도 다 웃고 재밌었다. 선생님이 찍어주시는 파란 리본의 '참 잘했어요' 도장은 내게는 블루리본 서베이 마크 이상이었다. 하나하나 떠올려 보니 참 따뜻한 색의 기억이다. 저녁노을 따스한 온도, '이제 저녁 먹으러 들어와~' 엄마의 목소리가 들리는 듯한.

초등학교 시절을 이렇게 저녁노을의 온도로 느끼는 것과는 달리,

중·고등학교 시절은 새벽녘의 어스름한 안개가 보이는 듯하다. 회색빛과 보랏빛이 엉킨 안개 속 공기. 서늘하면서도 부드럽고, 불안과 설렘이 뒤섞인 새벽의 기운. 어떤 아침이 밝아올까 두렵지만 기대도 되는 그런 흔들리는 마음이 담긴 새벽의 시절이다.

매일 아침, 그런 새벽을 깨고 일어났다. 귀 아래 3cm쯤 내려오는 단발머리(우리 동네 두발 자유화는 중3 때 이루어졌다)에 엄마가 잘 다려준 교복을 입고 등교했다. 가끔 학생주임 선생님의 눈을 피해 저지른 소심한 일탈로 두근거리고, '이번 시험은 잘 봐야 할 텐데.', '나는 나중에 어느 대학에 가게 될까?', '나는 커서 무엇이 될까?'와 같은 미래에 관한 질문들을 안고 지냈다. 아, 친구 관계에 대한 불안도 있었다. 그때는 오히려 공부보다 그게 전부였을지도 모르겠다. 아무튼 어떤 미래가, 어떤 관계가 기다리고 있을지, 어떤 아침이 밝아올지 확실하게 알지 못해서 불안했다.

그렇지만 시간은 멈춰있지 않는다. 새벽이 끝나면 아침은 밝아온다. 나에게도 그렇게 아침이 찾아왔다. 청춘의 캠퍼스. 대학생이 되었다는 기쁨에, 성인이 되었다는 뿌듯함에 마냥 신이 났다. 집을 떠나 교복 안에 숨겨뒀던 자유를 마음껏 누렸다. 그땐 다 큰 줄 알았다. 어느 누구의 눈치도 보지 않고 캠퍼스를 누볐다. 뜨겁게 활활. 청춘의 일탈은 조금 더 무모했다. 통금이 있는 기숙사에 외박 신청을 해두고 밤새 술도 마셔봤다. 그 여파로 가끔 강의도… 음, 여기까지만.

그렇게 학교는 나라는 한 사람의 시간을 따스하게 품어주었다.

16년의 학교생활이 끝났다. 학교를 졸업했다. 다시 학교에 갔다. 이번에는 학생이 아닌 선생님으로.

다시 간 학교는 미성숙해도 괜찮은 자유로운 공간이 아니었다. 그래도 조금 더 성숙한 어른으로서 책임을 안고 들어가야 하는 공간이었다. 매일 아침 가장 먼저 교실 문을 열고 들어가 하루를 위한 상쾌한 공기를 채워 아이들을 맞이할 준비를 했다. 아이들이 하나둘 들어와 "선생님, 안녕하세요." 인사하면 "좋은 아침." 하고 환한 웃음으로 맞아 주었다.

어린 나는 학교에서 혼자만의 마음을 한껏 뽐냈다. 새로 온 학교에서는 따뜻한 어른으로 함께 하고 싶다는 마음을 품었다. 내가 기억하는 학교의 '향수, 불안, 청춘'을 이 아이들도 저마다의 온도로 단단히 채워 가길 바라게 되었다.

또한 이곳에서 함께 배우고 자라며 나를 채우길 바란다. 아이들을 보며 매일 조금씩 성장하고 있다. 아이들의 말에 웃고, 엉뚱한 질문에 잠깐 멈춰 생각하고, 때론 속상한 표현, 표정 하나에 밤잠을 설치기도 한다. 햇빛처럼 반짝이는 아이들과 선선한 오후를 함께 살아내고 있다. 그렇게 여전히 학교 안에서 나의 시간도 멈추지 않고 흐르고 있다.

누군가에겐 학교가 과거이기도, 현재이기도, 미래이기도 하다. 나에게도 학교는 과거이고, 현재이고, 미래이다. 그렇지만 그 누군가에게 학교가 한때 머무르다 떠나는 곳이라면 나에게 학교는 살아가는 공간이다. 초등학교의 따스한 노을빛 향수부터 중·고등학교의 새벽안개 속

불안, 청춘의 아침 같은 캠퍼스의 자유로움. 그리고 지금, 아이들과 함께 반짝이는 오후를 살아가는 이 책임까지. 이 모든 시간이 차곡히 쌓여 나를 이루었다.

과거, 현재, 그리고 미래가 오롯이 스며 있는 곳. 삶엔 언제나 학교가 있었고, 앞으로도 모든 시간에 함께 있을 것이다. 그렇게 학교는 나에게 진행형 일일 드라마이다.

ㄴ 댓글 1: 학교라는 공간을 빼곡하고 빈틈없이 사랑하는 마음이 가득 느껴져요. 따스하고 자유롭고 반짝이는 마음으로 아이들을 대하는 모습이 선명하게 그려집니다.

ㄴ 댓글 2: 배움을 기뻐하며 긍정의 에너지로 씩씩하게 달리던 어여쁜 학생이 교사가 되어서도 여전히 성장을 꿈꾸며 지치지 않고 달려가고 있네요. 시청률 최고의 안방 드라마가 될 거예요.

ㄴ 댓글 3:

풀꽃 같은 아이

서균화

한 줄 에필로그

"제게 학교는 행복한 곳입니다."

3월, 교실에서 아이들과 보내는 첫 주가 지나면, 눈에 밟히는 아이들이 몇 있다. 올해도 어김없이 몇 아이가 눈에 들어왔다. 두 달이 지난 지금, 그중에서도 가장 눈과 마음에 밟히는 아이가 있다. 아이의 번호는 십일번, 나이는 분명 제 또래와 같다. 그러나 몸과 맘의 성장 속도가 나이의 속도를 따라잡지 못하고 또래보다 한참 늦다. 언뜻 보면 초등학교 열 살 정도 되어 보이는 키는 자신의 진짜 성장을 이렇게라도 드러내고 싶은 것 같다. 아이는 일곱, 여덟, 아홉, 열 살의 나이를 왔다 갔다 할 뿐이다.

십일번이는 뭐든지 하고 싶어 하고 질문도 많다. 초등학교 1학년 교실이면 이쁠 수 있는 그 아이의 특징은 중학교 1학년 교실에선 여러 골칫

어서 오세요, 이곳은 에세이 클럽입니다

거리를 가져온다. 회장 부회장 선거에도, 무언가 책임을 맡아서 해야 하는 일에도 십일번이는 번쩍번쩍 손을 든다. 단순한 일은 별문제가 되지 않는다. 그런데 학습적 요소가 들어가는 모둠활동이거나, 친구들의 호감도가 중요한 역할에서는, 마음만 앞설 뿐이다. 몇 번 그런 일이 반복되다 보니, 학급 아이들은 이제 십일번이가 하고 싶다 해도 잘 시켜주지 않으려 한다.

조종례 시간, 알림 사항을 말해줘야 하는 담임 시간에도 십일번이는 번쩍번쩍 손을 든다. 자신의 궁금증을 바로 해결하고 싶은 맘이 너무 크다. 이제 아이들은 십일번이가 손을 들기만 해도 짜증을 내고 투덜대는 아이들도 늘어만 간다. 십일번이에게 뭐라 할 수 있는 유일한 사람은 선생님뿐이라고 계속 말하고, 유난히 티를 내는 친구들은 따로 불러 십일번이는 '미운 짓 하는 너희 집 동생'처럼 여겨달라 달래고 얼렀다.

십일번이가 요즘 질투하는 아이가 있다. 4월 수련회에서 학급 대표로 나가 게임한 친구인데, 십일번이는 그 아이에게 수련회 이후 함부로 대한다. 수련회에서 했던 많은 게임 중, 십일번이가 유독 대표로 나가고 싶어 했던 게임이었다. 자신이 아닌 그 친구가 선택되자 십일번이는 왜 그 친구가 나가야 하냐고 눈을 벅벅 문지르며 소리 질러댔다. 그때부터 십일번이는 그 친구에게 자그만 일에도 성내고 화낸다. 그 친구 얼굴만 봐도 속상한지 모든 게 밉살맞고 싫은가 보다.

이번 주 금요일 아침, 아직 의자에 가방을 내려놓기도 전 우리 반 아이들의 "선생님!" 하는 다급한 목소리를 들었다. 십일번이가 그 친구의 얼굴을 때렸다 한다. 서둘러 도착하니, 다행히 옆 반 담임 선생님께서 십일번이와 그 친구를 복도에서 훈계하고 있었다. 서로 치고받고 있지 않은 모습에 우선 한숨 돌렸다. 맞았다는 아이의 얼굴도 자세히 봐야 붉은 기가 살짝 보여 더 마음이 놓였다. 두 아이는 내 모습을 보더니 움찔하며 슬그머니 눈을 돌렸다. 관련 아이들을 몽땅 불러 한 명씩 이야기를 들었다. 십일번이는 계속 자신의 이야기를 하고 싶어 했다. 이야기할 기회를 줄 테니 다른 친구들이 이야기할 때는 들으라고 말했다. 입이 불뚝 솟아나 있다. 저놈의 입! 얼굴을 때려 놓고도 세상 자신이 피해자인 것처럼 억울해하고 분해한다.

발단은 국어 학습지였다. 아침 일찍, 국어 선생님께 학습지를 들고 간 십일번이는 '다른 아이들은 왜 안 내지? 국어 반장이 걷어 와야 하는데.'라는 선생님의 혼잣말을 자신이 듣고 싶은 '십일번아, 네가 다른 아이들 학습지 걷어 와.'로 해석하여 교실에서 국어 반장처럼 행동했다. 국어 반장 일을 십일번이가 왜 하는지 이해하지 못한 한 아이가 "왜 네가 국어 반장 일을 하는 건데?" 하면서 서로 언성이 높아졌다. 십일번이는 당당했다. 국어 선생님께서 시켜서 한 건데 친구들은 그것도 모르고 뭐라 하니 억울함이 부풀어 올랐다. 중재에 나선 친구가 있었지만, 다른 아이 편인 게 티가 났다. 십일번이는 제 억울함에 대해 소리 높여 말했다. 십일번이의 말은 아이들에게 소음으로만 들렸다. 여기저기 말들이 쏟아졌고, 십일번이가 미워하는 친구의 말이 유독 선명하게 들렸다. "무시해!"

어서 오세요, 이곳은 에세이 클럽입니다

십일번이는 순간 화가 폭발했다! "씨XX!" 모욕감을 느낀 그 친구는 "뭐라고 했어!"라고 외치며 십일번이의 멱살을 잡았다. 십일번이에게는 이유가 생겼다. 미움은 주먹이 되어 그 친구의 얼굴에 있는 힘껏 꽂혔다.

이야기를 듣고, 무엇이 문제인지 실마리를 하나씩 풀어나갔다. 왜 친구들이 십일번에게 국어 반장 일을 하냐며 언성을 높였는지, 왜 십일번이는 국어 반장처럼 행동했는지, 그 친구는 "무시해!"라고 왜 말하게 되었는지. 말을 충분히 하다 보면 대부분의 일은 풀 수 있게 마련이다. 이 과정까지 오는 데 쉽지 않았다. 번번이 끼어드는 십일번이에게 터져 나오려는 짜증과 화를 꾹꾹 눌러 참은 내 마음이 가장 큰 장애물이었다. 아이들은 사과할 건 사과하며 서로 "미안해."라고 주고받았다. 십일번이는 이미 잔뜩 풀이 죽었다. 쑥 나왔던 입술은 진즉 제자리를 찾아 들어갔다. 전날 그 친구의 발목을 차대서 한차례 내게 훈계를 듣고 다시는 그러지 않겠다고 약속까지 한 터라 더 움츠러들었다. 사과하라는 말에 십일번이는 크게 고개를 끄덕이며 몇 번이고 연달아 사과했다. 얼굴을 맞은 그 친구는 십일번이의 사과를 거부했다. 자신이 멱살을 잡은 일에 대해서는 분명히 사과했고 십일번이도 받아들였지만, '욕을 듣고, 뺨까지 맞은' 상황은 '미안하다'라는 말로 풀릴 수 있는 등가교환 대상이 아니었다. 아이에게 그 일은 수치스럽고 용서가 안 되는 상처였다.

받아들이지 못한 사과는 그대로 둔 채 아이들에게 저마다 다른 과제를 주었다. 십일번이에게는 성찰일지를 주어 쓰게 했다. 성찰일지의 첫 번째 질문은 학교는 너에게 어떤 곳이냐는 것이다. 십일번이는 필기할 때 연필로 꾹꾹 눌러쓴다. 10살 아이의 받아쓰기 공책처럼 모든 글씨를 꾹꾹 눌러쓴다. 이 질문에도 십일번이는 한 자 한 자 꾹꾹 눌러가며 답 을 썼다.

"제게 학교는 행복한 곳입니다."

매일 친구들이 자신에게 잘못했다 고자질하고, 친구들이 자신을 따돌 린다며 억울해 하고, 자신이 하고 싶은 일이 제 차례로 돌아오지 못해 분해하는 십일번에게 학교는 행복한 곳이었다.

십일번이는 사랑과 인정에 굶주려 있고, 자기를 봐 달라고 온통 서투 르고 눈치 없는 표현으로 그리도 매달린다. 목도리를 잔뜩 부풀린 목도 리도마뱀처럼. 십일번이의 사랑스러움은 또래 아이들에겐 보이지 않는 다. 아직 이 친구들도 미숙하고 성장 중이며 자기 아픔으로 정신이 없 다. 불편한 사랑스러움을 품어달라는 요구는 사춘기 10대에겐 지나친 욕심이다. 그 녀석의 못난 사랑스러움은 그저 내 마음을 욱신거리게 할 뿐이다.

어서 오세요, 이곳은 에세이 클럽입니다

↳ 댓글 1: 실력도 표현도 서툴기만 한 수많은 십일번이들이 있지요. 어쩌면 학교는 그들이 경험할 세계 중에서 가장 안전하고 행복한 곳일 거예요. 하마터면 놓칠 뻔한 십일번이들의 마음을 전해주셔서 감사해요.

↳ 댓글 2: 성찰일지로 학생의 마음도 알 수 있는, 어쩌면 학교폭력이라는 말이 없던 옛날 시절 따뜻한 얘기 같기도 해요.

↳ 댓글 3: _____

배움, 세심한 타이밍

이영주

한 줄 에필로그

진정한 배움은 생명의 탄생과 같은 원리를 따른다. 안과 밖의 열정
이 만나는 순간 생명이 탄생하듯, 배우는 자와 가르치는 자의 열정
이 만날 때 비로소 배움은 확장된다.

스승의 날이라고 아이들에게 편지 선물을 받았다.

아이들이 꼬깃꼬깃 건네준 편지를 펼쳐 보니 직접 그린 귀여운 캐릭
터, 조물조물 만들어 붙인 카네이션이 나를 반겨준다. 수업이 재미있었
다는 칭찬, 숙제를 성실하게 하지 못했다는 뉘우침, 앞으로 열심히 공부
하겠다는 다짐의 내용들이다. 아이들의 편지에는 저마다의 개성과 성
장, 그리고 사랑이 담겨 있었다.

그중 가장 큰 울림을 준 것은 지난해 가르쳤던 서준이의 편지였다. 서
준이는 연필심을 꾹꾹 눌러쓴 반듯한 글씨로 "선생님 덕분에 글씨를 잘

쓰게 되었어요."라고 했다. 또 작년에는 친구들과 자주 싸웠는데 이제는 문제를 잘 해결하고 친구들과 친하게 지내게 되었다며 고마운 마음을 전했다. 서준이는 작은 일에도 쉽게 화를 냈었다. 친구들에게 고슴도치처럼 굴면서 부정적인 언어로 자신의 힘을 과시했다. 모둠활동에 적극적으로 참여하지도 않고 불평이 많아 수업 시간에 종종 험악한 분위기가 연출되곤 했다. 아이의 눈빛에는 언제나 답답함과 분노가 뒤섞여 있었다. 6학년 같은 4학년이었다. 그때마다 "괜찮아. 그렇게까지 화낼만한 일이 아니야."라며 몇 번을 다독여 주었다.

그러던 어느 날, 수업 시간에 아이들에게 그림 동화책을 읽어주었다. 친구들에게 폭언과 폭력을 일삼는 주인공이 등장하는 내용이었는데 못된 주인공이 사실은 못된 형에게 괴롭힘을 당하고 있었다는 반전이 있었다. 신기하게도 서준이는 주인공의 처지를 통해 자신이 왜 화가 나 있었는지를 이해한 것 같았다. 그에게도 자신을 힘들게 했던 사춘기 형이 있었던 것이다. 야생마 같았던 아이는 복잡했던 자신의 마음을 이해하고 난 후 순한 양으로 길들여졌다. 시간이 지나고 학년이 바뀌었는데도 급식실과 복도에서 나를 만날 때마다 선한 눈빛을 반짝이며 "선생님, 안녕하세요!" 하고 반갑게 아는 체를 한다.

스승의 날, 서준이와 아이들의 편지 덕분에 마음이 따뜻해졌다.

그러면서 떠오른 나의 스승님들.

"애들아, 어제 청소 시간에 다른 친구들은 놀기만 했는데 영주는 청소를 열심히 했단다. 박수!"

심영섭 선생님은 나를 불러서 일으켜 세운 후, 아이들 앞에서 칭찬을 해 주셨다. 80년대에는 지금과는 비교할 수 없을 만큼 학급당 학생 수가 많았다. 게다가 나의 성격은 극소심 내향형이었기에 있는 듯 없는 듯 존재감 없이 학교를 다녔는데 4학년이 되어서 처음으로 공개적인 칭찬을 받게 되었다. 그날의 뿌듯함은 40여 년이 지난 오늘까지도 아련하게 남아있다. 비록 공부로 칭찬받은 것은 아니었지만 선생님께서 성실하게 청소했던 행동을 알아봐 주니 세상을 다 얻은 것처럼 기뻤다. 그날 이후 어리바리한 소녀는 청소박사가 되었다.

여고생들 앞에서 찰랑이는 생머리를 넘기시며 "님은 갔습니다. 아아, 사랑하는 나의 님은 갔습니다."를 애절하게 읊어주시던 김정분 선생님은 나의 우상이자 인생의 멘토셨다. 선생님의 열정적인 시 낭송과 "일신우일신(日新又日新)하라, 청출어람(靑出於藍)하라!"는 격렬한 가르침은 청소년 시기의 나에게 특별한 울림을 주었다. 3학년으로 진급할 때 선생님께서 책 한 권을 선물해 주셨다. 첫 장에 '치열하게 살아라.'라는 글귀가 적혀 있었다. 강렬한 메시지는 그대로 가슴에 꽂혀 내 인생의 모토가 되었다.

나는 긴 세월이 지나도록 나의 이름을 불러주시고 존재를 일깨워주신 두 분 선생님에 대한 마음 깊은 존경과 감사의 마음을 가지고 있다.

병아리가 알에서 나오기 위해서는 새끼와 어미 닭이 안팎에서 서로 쪼아야 한다는 뜻으로 '줄탁동시(啐啄同時)'라는 고사성어가 있다. 줄탁

어서 오세요, 이곳은 에세이 클럽입니다

의 타이밍이 맞아야 생명이 탄생할 수 있듯이 배움에도 딱 맞는 타이밍이 있다는 의미로 사용된다.

나의 제자는 알지 못할 분노와 억울함으로 힘겨워했고, 함께 읽었던 그림책은 그런 아이의 마음을 위로해 주었다. 혼자 말없이 청소하던 그날, 선생님이 내 이름을 불러주셨고 친구들의 박수와 응원 속에서 처음으로 내 존재가 빛을 발할 수 있었다. 열정이 무엇인지 온몸으로 보여주신 선생님 덕분에 중년이 된 지금도 그때의 마음을 품고 치열하게 살아가고 있다.

인생을 변화시킬 수 있는 가르침과 배움이 일어나는 적정의 타이밍. 그야말로 내가 경험한 줄탁동시이다.

진정한 배움은 생명의 탄생과 같은 원리를 따른다. 안과 밖의 열정이 만나는 순간 생명이 탄생하듯, 배우는 자와 가르치는 자의 열정이 만날 때 비로소 배움은 확장된다.

줄(啐): 병아리가 알의 안쪽에서 껍질을 쪼아 깨고 나오는 것

초등학생들은 교과서를 모두 사물함에 두고 다니는데 아이들의 가방 속에는 교과서가 아닌 학원 교재가 가득하다. 초등학생이 그 무거운 가방을 들고 9시, 10시까지도 학원을 전전하며 집에 돌아가 쉬지 못한다. 피곤에 지친 아이들은 매사 의욕이 없다. 또 어떤 아이들은 온라인 게임을 하느라 늦은 밤이나 새벽까지도 잠을 안 자고 학교에 오면 비몽사몽 무기력한 하루를 보낸다. 아이들에게 '줄'의 여지가 사라지고 있다.

탁(啄): 어미가 알의 바깥쪽에서 껍질을 쪼아 병아리를 도와주는 것

요즘 교육 현장이 민원 천국이 되고 있다. 특별한 교육 활동을 애써 하는 교사들을 향해 동료 교사들이 푸념하듯 건네는 말이 "굳이 그렇게까지 애쓰지 마라."이다. 교육 활동 중에 문제가 발생하면 교사한테 무한책임과 지나친 질타가 쏟아지는 것을 우려해서 나오는 목소리다. 교사들의 열정이 사그라지며 '탁'이 위축되고 있다.

줄도 탁도 기대하기 어려워진 교실의 모습에 마음이 아프다.

아이들은 변화하고 성장해야 한다. 그리고 아이들의 성장을 이끌어줘야 하는 것은 교사의 역할이다. 우리가 학교에서 꼭 경험해야 하는 것은 지식이나 기술의 배움뿐만 아니라 마음을 알아주고, 존재를 읽어주고, 삶을 향한 태도를 일깨워주는 가르침일 것이다. 힘들고 어렵더라도 아이들에게 더욱 세심히 집중하여 줄탁동시의 타이밍을 놓치지 말아야겠다.

그런데 오랜 세월 동안 잘못된 '탁'과 열심의 이름으로 상처를 준 제자들도 있었을 것이다. 이 지면을 통해 많이 미안하고 안타까웠노라 마음을 전하고 싶다. 학교를 떠올리며 오늘의 깊은 울림 앞에 나의 스승님들께는 청출어람의 제자로, 또 나의 제자들에게는 그들의 성장을 응원하는 선생으로 서고자 마음을 새로이 다져본다.

어서 오세요, 이곳은 에세이 클럽입니다

↳ 댓글 1: 선생님들은 일상적이겠지만, 학생은 그 말 한마디를 가슴에 품고 성장하고 성숙하게 된다는 것을 잊지 말아야겠어요.

↳ 댓글 2: 저 또한 잘못된 '탁'으로 상처 준 제자들이 있지는 않은지 반성하게 되는 시간이었습니다. 세심한 타이밍을 좀 더 꼼꼼히 살피도록 더 노력해 보겠습니다.

↳ 댓글 3: _____

디지털 세상의 아날로그한 시간표

편희정

한 줄 에필로그

지금은 낯설지만, 곧 익숙해지리라는 것을 경험으로 먼저 아는 先생님이다.

나는 경력 20년 차 교사다.

직업계 고등학교에서는 3학년이 되면 기능사 자격증 과정 시험에 응시한다. 과거의 학생들은 철저히 교사에게 의존했고, 교사는 학생들의 합격을 위해 온 에너지를 다 써서 지도했다. 그렇기에 기능사 지도는 하나의 업무처럼 여겨졌고, 올해 누가 지도할 것이냐를 놓고 교사끼리 서로 예민했다. 누가 자발적으로 하겠다고 하지 않으면 1년에 한 번씩 돌아가면서 하거나, 저 경력 교사들에게로 맡겨졌다. 나는 올해 10여 년만에 기능사 지도를 하게 되었다. 시험 D-DAY까지 시간을 계획하여 지도하는 내 마음은 조급하다.

어서 오세요, 이곳은 에세이 클럽입니다

"선생님, 진욱이 입원했어요? 시험 준비 어떻게 하죠?"

"병원에서 유튜브로 찾아보고 공부해서 시험 본다고 해요."

"하긴, 그렇게라도 하겠다는 의지를 칭찬해야겠죠?"

결석 학생의 담임선생님과 나는 유(튜브) 선생께 나름 감사하다. 요즘 학생은 배움의 아쉬움이 없다. 결석해도 스스로 보충학습을 할 수 있다. 왠지 교사인 내가 무안해진다. 컴퓨터그래픽 기능 시범을 보이며 순회 지도를 하고 있는데, 한 학생 차례에 그 기능이 이미 사용되었다.

"어떻게 했어?"

"선생님께서 다른 학생 지도하는 동안 인터넷 찾아봤어요."

"그래, 잘했어, 이제 학교에 올 필요 없는 것 같다. 그렇지?"

"끄덕끄덕"

멋쩍어서 농담 반 진담 반으로 한 말인데, 학생도 뉘앙스를 알고 끄덕 이며 맞장구쳐 준다. 이제, 기능 기술 중심의 직업계 고등학교에서 무엇을 가르쳐야 할까?

디지털·AI 시대. 에듀테크를 활용한 수업 연구를 한다.

디지털기기를 활용한 수업을 하기 위해 디지털 네이티브인 학생들보다 더 잘하는 모습을 보여야 수업에 신뢰를 줄 수 있기에 노력을 많이 해야 한다. 에듀테크를 배우며 수업에 조금씩 사용해 보고 있는데, 빠르게 변화하는 다양한 AI 도구들을 보며 변화를 넘어 변화의 속도에 놀라고 있다. 에듀테크를 활용한 수업 연구를 하면서 에듀테크를 활용했을 때와 아닐 때를 비교했더니, 수업 결과가 훨씬 좋고 학생과 교사 모두 편하고 서로 만족감이 들었다. 이제 내 수업에서 디지털 · AI를 적극 활용 하기로 마음을 먹었다.

내가 빠르게 받아들이기로 한 이유는, 교직에 첫발을 내디뎠을 때 사용했던 실물화상기의 기억이 남아 있기 때문이다. 그리고 파워포인트의 애니메이션 기능에 까르르 웃으며 좋아하던 학생들 반응도 있었다. 지금 돌아보면 웃기지만 그때 나는 꼭 첨단화된 교사 같았다. 그렇게 과거 학교 교육 환경을 같이 살아내면서, 새로운 기기의 등장에 무조건 거부하기보다 오히려 빠르게 받아들여 사용해 보기로 했다. 이젠 익숙한 교육공학은 진부하고 구시대적으로 느껴진다. 지금은 낯설지만, 곧 익숙해지리라는 것을 경험으로 먼저 아는 先생님이다.

우선 기존 프로그램에서 업데이트되는 AI 프로그램을 익혀본다. 그리고 챗지피티에 질문을 잘하는 법, 곧 프롬프트를 잘 쓰는 법을 가르쳐야겠다고 생각했다. 교과서 수업 내용에서 답이 하나인 질문하기, 답이 다양하게 나올 수 있는 질문하기, 내 삶과 연계되는 질문하기 등 교과서 내용으로 질문을 만들고 답을 해보는 수업을 계획했다. 그랬더니 오히려 이전보다 학생들이 더 아날로그한 수업 분위기로 생각을 하는 시간이 되었다. 그리고 나 아닌 다른 사람들의 입장을 생각해 보고 공감하며, 학교에서 지금 배운 것을 자신의 미래의 삶과 연결하여 긍정적으로 생각해 보는 시간이 주어졌다. 이전의 수업 방법에서는 학생들의 삶과

어서 오세요, 이곳은 에세이 클럽입니다

연계되는 교수학습 방법을 찾지 못해 고민이 많았다. 그리고 학생들이 흔히 하는 "이거 배우면 뭐 해요?", "이거 배우면 어디에 써먹을 수 있어요?", "저는 이 전공을 안 할 거니까 수업하기 싫어요."와 같은 반문을 안 들어서 좋다. 사실, 이런 질문들은 학생들을 썩 마음에 드는 답으로 설득하기 쉽지 않았다. 그런데 그런 나의 고민도 해결이 되었다. 그래서 디지털 AI가 학교 현장에 들어오는 것을 적극 찬성한다. 인공지능의 기술로 시간이 단축되며 효과는 좋고, 우리는 그야말로 생각하고 상상하고 사색한다. 토론하고 책을 읽고 글을 쓰며, 음악 미술 체육을 하는 시간으로, 인간으로 누릴 수 있는 재미와 능력을 키울 수 있어 학교에 오는 것이다. 이런 시간표를 상상하니 학생들의 피로가 덜할 것 같아 기분이 좋아진다.

학교는 밖에서 보면 네모난 건물 덩어리 같지만, 그 속에서는 많은 변화가 요동치고 있다. 또 우리 모두는 진화하고 있다. 이런 내용도 시절이 지난 실물화상기처럼 시간이 지나면 고리타분한 유물 같은 이야기가 될 것이다.

> ↳ 댓글 1: 인공지능 프로그램이 교육 현장에 도입되는 상황에서도 아날로그적 감성과 느림의 미학은 계속되었으면 좋겠어요. 학생들에게 가장 필요한 교육의 본질은 아날로그에 있지 않나 합니다.

↳ 댓글 2: 질문이 중요하다는 말에 깊은 공감을 합니다. 교사인 저 자신조차 삶과 연계된 질문을 스스로 해본 적이 있었던가? 생각이 많아집니다.

↳ 댓글 3:

_____

어서 오세요, 이곳은 에세이 클럽입니다

다시 즐거움을 바라다

전수민

한 줄 에필로그

아이들에게 가장 필요한 곳은 공부 잘하는 명문 학교가 아니라 모두가 자기의 리듬대로 성장할 수 있는 '즐거운 학교'가 아닐까.

학교 하면 『별난 국민학교』라는 책이 떠오른다. 초등학교를 국민학교라고 부르던 시기에 출간된 책이니 꽤 오래된 셈이다. 모든 에피소드가 기억나지는 않지만 '이런 재미있는 학교에 다니고 싶다.'라는 느낌만은 30여 년이 흐른 지금까지도 생생하다. 아이들이 교실과 연결된 미끄럼틀을 타고 내려와 모래사장에서 신나게 노는 장면이 아직도 생각나는 것을 보면 꽤 인상 깊었던 것 같다. 어린 시절 읽었던 책과 함께 기억되는 학교는 늘 '즐거운 곳'이었다.

나는 눈만 뜨면 학교에 가겠다고 했던 열혈 학생이었다. 심지어 교문이 열리기 전에 도착해 기다린 적도 있었으니 말해 뭐 하랴. 학교는 가고 싶은 곳, 즐거운 곳이라는 생각이 있었을 터. 무엇이 이토록 학교를 사랑하는 아이로 만들었을까. 드라마 〈도깨비〉의 명대사를 빌려 말해보자면 '학교와 함께한 시간 모두 눈부셨다. 무엇이든 배울 수 있어서, 성장할 수 있어서, 친구들과 놀 수 있어서 모든 날이 좋았다.' 국어 시간은 글을 쓸 수 있어서, 체육 시간은 원래 좋아해서, 미술 시간은 창의적인 표현을 할 수 있어서 행복했던 시간이었다. 뛰어나게 잘하지는 못했지만 뭐든 열심히 해서 그런지 선생님들은 다양한 도전의 기회를 주셨다. 수상 여부를 떠나 대회를 준비하고 참여하며 그 안에서 배움을 직접 경험하는 행운을 누렸다. 도전을 즐길 수 있는 곳, 실패해도 괜찮은 곳, 나에게 학교는 그런 안전한 곳이었다.

학교에서 즐거웠던 기억은 참 많다. 먼저 초등학교 교실에서 진행했던 야영 장면이 떠오른다. 평소 공부하던 교실 바닥에 누워 잠을 잔다는 것은 색다른 경험이었다. 가져온 돗자리에 앉아 저녁도 먹고, 친구들과 누워서 재미있는 이야기를 주고받았던 그날 밤, 교실 창에 비친 별은 참 아름다웠다. 학교 뒤뜰에 키웠던 농작물도 생각난다. 반마다 주어진 텃밭에 다양한 식물을 함께 키웠다. 우리 반은 땅콩을 심었는데 가을에 열매를 많이 맺어 선생님들과 나눠 먹기도 했다.

운동회도 빼놓을 수 없는 이벤트였다. 청팀, 백팀으로 나눠 이루어지던 초등학교 운동회는 동네잔치나 마찬가지였다. '청팀 이겨라. 백팀 이겨라.'를 목 놓아 외치던 응원 소리가 아직도 귓가에 맴돈다. 반별 대항으로 이루어지는 요즘 체육대회와 달리 학교의 절반이 다 우리 팀이었으니 그 어우러짐의 에너지는 어마어마했다.

급식이 없었던 중학교 때는 도시락을 들고 학교 교정의 꽃나무 그늘에서 점심을 먹곤 했다. 지금이라면 화단을 훼손한다고 들어가지도 못했겠지만 말이다. 친구들과 점심마다 공원에 소풍을 나온 듯 그렇게 소중한 우정을 쌓았다. 본격적인 입시 준비에 찌들어 있던 고등학교 때에도 산 아래 자리 잡은 교정 덕분에 철마다 옷을 갈아입는 산을 마주할 수 있었다. 뻐꾸기 소리와 계곡 물소리에 마음을 달래며 고단하고 불안했던 그 시절을 잘 보낼 수 있었다. 물론 슬픈 일도, 힘든 일도 있었지만 이건 이래서, 저건 저래서 모든 날이 추억이 되었다.

학교에 대한 경험은 모두 다르겠지만 우리의 기억 속에는 공부가 아닌 것이 더 많이 남아 있을지도 모른다. 여기서 경험이란 학창 시절을 함께 보낸 사람뿐만 아니라 건물과 교정에 대한 기억까지도 포함된다. 나는 무생물에도 마음이 많이 가는 타입이라 건물이 때론 사람처럼 생각되곤 했다. 긴 세월 동안 수많은 사람을 품었다가 내보내는 역할을 묵묵히 해왔던 학교. 그곳이 마치 엄마처럼 느껴졌다. 그래서 근무지를 옮길 때마다 학교와 인사하고 헤어지는 것을 잊지 않았다.

몇 해 전 교사 연수에서 한 강사님이 '나는 학교 시스템을 고소했다(I

SUED THE SCHOOL SYSTEM)'라는 영상을 보여주셨다. 자극적인 제목이 궁금증을 불러일으켰다. 영상은 한 남자가 작은 어항을 법정에 들고나와 이렇게 말하는 것으로 시작했다.

"아인슈타인은 말했습니다. 모든 사람은 천재라고요. 하지만 물고기를 나무 타기 실력으로 평가해 버린다면 그 물고기는 평생 자신을 바보라고 생각하며 살겠지요. (…) 지금의 학교 시스템은 물고기에게 나무 타기를 시킬 뿐 아니라 타고 내려와 오래달리기까지 하게 합니다. 학교에 물어보겠습니다. 이런 시스템을 자랑스럽게 생각하십니까? 수백만의 사람들을 로봇으로 만들어 놓았네요."

남자는 준비해 온 종이 도면을 넘기며 설명을 이어갔다. 현대의 휴대전화와 자동차를 150년 전의 기술과 비교해 주는 것까지는 좋았다. 그러나 그 뒤에 등장한 교실 모습에서 나는 적잖은 충격을 받았다. 네모난 칠판과 책상을 앞에 두고 교사를 일방적으로 바라보는 다수의 학생 모습은 150여 년 전이나 지금이나 달라진 것이 없었기 때문이다. 현장에 있으면서도 인지하지 못했던 변함없는 우리의 교실을 마주하고 서글픔이 느껴졌다. 마치 거울 치료를 받는 것처럼.

그는 학교 시스템이 모든 학생을 같은 기준으로 평가함으로써 그들의 잠재력을 제한하고 열등감을 느끼게 했으며, 창의성과 개성을 죽였다고 진술했다. 나무를 타기는커녕 물 밖에 나오자마자 바로 쓰러져 버리

어서 오세요, 이곳은 에세이 클럽입니다

는 물고기와 학생들의 모습이 겹쳐 보여 마음이 쓰라렸다. 영상의 주인공은 '프린스 에아'라는 힙합 예술가였다. 그는 음악을 통해 자기 계발에 대한 메시지를 전하고, 교육 문제를 날카롭게 비판하는 것으로 유명했다. 교육을 향해 이렇게 쓴소리해 주는 예술가가 있어 얼마나 다행인지 모른다.

요즘 학생들에게 학교는 어떤 기억으로 남게 될까? 사회는 더없이 발전했지만, 우리는 소중한 것을 잊고 있는 것은 아닌지 모르겠다. 아이들에게 진실로, 가고 싶은 학교를 선물하고 싶다. 행복한 학창 시절의 기억을 남겨주고 싶다. 공부를 잘하지 못해도 성취감을 맛볼 수 있는 학교, 자신의 끼와 꿈을 펼치고 탐색할 수 있는 학교, 모두가 즐겁게 참여해 즐길 수 있는 행사가 많은 학교가 되었으면 좋겠다. 우리 아이들에게 가장 필요한 곳은 공부 잘하는 명문 학교가 아니라 모두가 자기의 리듬대로 성장할 수 있는 '즐거운 학교'가 아닐까. 그런 학교를 만들기 위해 나의 조그만 힘이라도 보탤 수 있기를 바라고 또 바라본다.

↳ 댓글 1: 아이들이 자기 본래 모습으로 자랄 수 있는 학교가 진정 즐거움을 줄 수 있다는 생각이 듭니다. 우리의 현실을 생각해 보게 되네요.

↳ 댓글 2: 모두가 자기 리듬대로 성장할 수 있는 학교라니 너무 이상적입니다. 자기만의 관심과 흥미를 깊이 탐구하는 학교가 되면 좋겠어요!

↳ 댓글 3:

Episode
4

함께 쓰다

새벽을 깨우는 선데이 에세이

글쓰기는 혼자 하는 일처럼 보이지만, 함께할 때 힘이 더 세집니다.
일요일 새벽, 정해진 시간에 모여 주어진 주제로 글을 쓰고, 각자의 문장을
읽어요. 그 짧은 시간이 쌓이면, 삶의 결이 조금씩 달라집니다.
누군가의 문장에 공감하고, 나의 문장이 다른 이에게 위로가 될 때
글은 한 사람의 이야기를 넘어 '우리의 이야기'가 되거든요.
함께 쓰는 기쁨은 거창한 것이 아닙니다.
그저 같은 시간, 같은 마음으로 써 내려가는 순간 속에서
우리는 서로의 독자가 되고, 서로의 문장에 머물게 됩니다.

이렇게 함께 써요

하나의 주제를 정해 30분 글쓰기

쓴 글을 각자 낭독하기

상대방의 글에 공감 한 문장 나누기

삶의 키워드: 나만의 초록

윤미영

한 줄 에필로그

키워드를 찾는다는 것은 타인이 아니라 나를 더 깊고 자세하게 들여다보는 일이었다.

글쓰기를 할 때 가장 고민되는 건 어쨌든 방향성이었다. 글을 쓸 때 특정한 주제 하나로 묶을 수만 있다면 책이 될 가능성이 있고, 당장 책이 되지 않더라도 내 기록을 꾸준히 쌓아 가도록 안내하는 길잡이가 될 수 있기 때문이다. 글 쓰는 사람에게 키워드를 찾는 일은 중요하고도 긴급한 일에 속한다. 중심을 잘 잡고 살아가려 해도 세상은 자꾸 내게 다른 사람들의 정답을 보여주며 나를 유혹한다. 그런 유혹에 너무도 쉽게 흔들리던 나는 수시로 길을 잃었다. 하지만 키워드를 찾는다는 것은 타인이 아니라 나를 더 깊고 자세하게 들여다보는 일이었다.

우아한 삼 형제 엄마

어쩌다 보니 초, 중, 고 학부모가 되었다.

나는 고등학교 1학년, 중학교 2학년, 초등학교 2학년 세 아들의 엄마이다. 주말부부를 하면서 두 아이 워킹맘이었음에도 직장에서 열정을 쏟던 나는 심리적 번아웃으로 결국 휴직을 선택했다. 인생의 책장을 억지로 덮어 둔 것 같았고, 마치 패배자가 된 기분이었다. 그렇게 3년을 쉬고 '나로 살아가는 일'이 너무 그리워질 즈음, 셋째가 찾아왔다. 육아 휴직은 더욱 길어졌고, 오랜 시간 휴직으로 아이들은 자연스럽게 학원 대신 집에서 공부했다. 그 시간 동안 우리는 산과 들을 다니며 도시락을 쌌고 자주 도서관을 찾았다. 공사다망한 남편을 대신해 도서관이 나의 육아 도우미가 되었다. 아이들과 매일 도서관을 다니다가, 어느 순간부터는 우리 집이 도서관이 되었다. 책을 읽는 것과 좋아하는 책을 사는 일이 일상처럼 스며들었다. 그림책은 육아로 지쳤던 내 마음을 어루만지고, 때로는 안아주었다. 책을 읽어주다 보니 아이들보다 더 많이 자란 건 나였다. 책과 함께 자란 아들들은 나를 '우아한 엄마'로 만들어 주었다. 길고 긴 육아는 끓어오르는 다양한 감정과 고군분투하는 치열한 나날이었지만, 요즘 나는 사춘기 아들들과 차를 마시며 책 이야기를 나누는 엄마로 살고 있다. 우아한 엄마란 완벽한 엄마가 아니라, 아이들과 함께 성장하는 엄마다. 책 덕분에 매일의 삶 속에서 단단해지고, 아이들과 함께 배우며 성장하고 있으며 그 삶은 여전히 진행 중이다.

어서 오세요, 이곳은 에세이 클럽입니다

열정과 무기력 사이를 오가는 교사

냉탕과 온탕 사이에서

현재는 고등학교 교사이지만 중학교 교사일 때에는 주로 1학년을 가르쳤다. 중학교 1학년을 가르치는 일은 어떤 면에서는 조금 더 특별하다. 앞으로 보낼 6년 동안의 생활을 설계해 줄 수 있다는 점에서, 그 시작점에 함께 서 있다는 점에서 상대적으로 더 '희망'이 가득한 일이다. 그동안 나는 다양한 활동 수업을 기획하고 몸으로 움직이는 수업을 많이 했다. 그때마다 아이들이 생생하게 살아났다. 무기력했던 아이들이 깨어나 눈빛을 반짝이는 순간, 기술·가정 교과의 매력을 확인했다. 아이들을 키우고 난 후 이해하기 힘들었던 중학생들이 귀엽게 보이기 시작했다. 아이들의 고민과 방황이 애쓰지 않아도 보였고, 아이들의 뾰족한 표현 뒤에 숨겨진 마음도 조금은 능숙하게 읽어낼 수 있었다. 엄마로 살아온 시간이 나의 그릇을 넓혀 주었고, 아이들을 넉넉하게 담는 힘이 되었다.

학급 운영은 즐거웠고 나름 정성도 기울였다. 결코 화려하거나 멋지거나 자랑할 만한 무언가가 있었던 것은 아니다. 엄마의 마음이라는 한 스푼의 양념이 들어가서 이루어진 일이다. 학교에서 보낸 시간이 차곡차곡 쌓이며, 교사로서 조금씩 성장했다. 일과 삶의 균형을 맞추느라 항상 교사의 역할에만 몰두하며 열정을 불태우진 못했지만, 그래도 교사라는 이름을 빼고는 설명하기 어려운 내가 있다.

올해는 고등학교 교사가 되었다. 고등학교 교사는 조금 다르다. 매일 진로와 성적, 대입이라는 벽 앞에 선다. 아이들은 자신의 미래에 대해 무거운 고민을 안고 있고, 수업은 어느 순간부터 결과를 위한 과정같이 느껴지기도 한다. 요즘 교실에서는 열정보다 무기력이 더 크게 느껴진다. 그 속에 있다 보면 억지로 냉탕에 들어가 덜덜 떨고 있는 기분이 될 때가 있다. 그럼에도 여전히 흔들리며, 나만의 답을 찾아가는 중이다. 교사로 산다는 건, 온탕과 냉탕을 번갈아 오가는 삶이다. 그 사이를 오가며, 나는 조금씩 더 단단해지고 있다.

읽고 쓰는 사람으로 살아가는 나
책이 좋아서, 책을 읽다가, 결국 글을 쓰게 되었다.
어쩌다가 글을 쓰기 시작했다.

작가가 될 계획은 없었다. 다만 마음이 복잡하고 힘들 때, 내 생각과 말이 가족에게 메아리칠 때, 조용히 글로 옮겼다. 너무 힘들고 절망스러운 상황인데 나를 뺀 모두 다 행복해 보이던 일상의 소란스러움 속에서 소리 내어 말하는 대신 글에다 마음을 내려놓았다. 무거웠던 마음이 펜을 통해 흘러 나가며 새털같이 가벼워졌다. 이후 내 글이 무엇이 되든 상관없이, 평생 쓰겠다고 다짐했다. 매일 좋아하는 문장을 모으고, 어떤 생각이든 적는다.

내 삶을 가장 잘 아는 사람은 나다.
아무도 알아주지 않아도, 내가 나를 알아주기 위해 쓴다.

어서 오세요, 이곳은 에세이 클럽입니다

나 대신 그 일을 할 사람이 없다는 생각이 들면 마음이 조금 더 단단해진다. 쓰고 싶다는 마음은 곧 자신의 삶을 더 잘 살고 싶은 마음이라는 말을 들었다. 쓰는 만큼 더 나은 삶을 살 수 있다면 하지 않을 이유가 없다. 30대의 나는 무엇에 걸린 듯 마음이 무너졌고, 한번 무너진 마음은 쉬이 회복되지 않았다. 하지만 식물을 키우며 나를 돌볼 수 있게 되었고, 그 과정은 『오늘의 초록』이라는 책이 되었다. 여기서 '초록'은 단순한 식물이 아니라 나를 지켜준 존재였고, 그것이 나의 키워드였다. 따사로운 봄날, 수많은 초록을 살펴보라. 그 색과 종류가 너무도 다채롭다는 것을 알 수 있다. 하나로 뭉뚱그려 '초록'이라고 말할 수 없는 다양함이 '초록'이라는 단어 아래 살아 움직인다.

누구에게나 자신을 설명하는 키워드가 있다. 그 키워드의 다른 말이 '초록'이라고 생각한다. 처음엔 특별한 것이 없다고 느낄지 모르지만, 내 삶의 궤적을 따라가다 보면 조금씩 모습을 드러낸다. 아직 발견되지 않았을 뿐, 누군가 꺼내 주기만을 기다리고 있을지도 모른다. 그 누군가는 다른 누구도 아닌 바로 나다. 매일 나만의 키워드를 찾기 위해 나 자신과 마주 앉는다. 매일 읽고 쓰는 시간을 통해서.

ↄ 댓글 1: 건강한 윤기를 우아하게 뽐내는 작가님의 초록에 풍덩 빠졌습니다. 분주함에 한쪽으로 밀어두었던 저만의 초록을 슬며시 꺼내어 보살펴야겠다는 마음이 찾아왔습니다.

ↄ 댓글 2: 읽으면서 나의 키워드, 나만의 초록은 무얼까? 생각했어요. '내가 나를 알아주기 위해 쓴다'라는 말이 와닿습니다. 앞으로 왜 쓰냐고 물으면 '나를 알아주기 위해 쓴다'라고 답해야겠어요.

ↄ 댓글 3:

어서 오세요, 이곳은 에세이 클럽입니다

좋아하는 것: 소소함의 힘

이영주

한 줄 에필로그

무엇을 좋아한다는 것은 그 자체만으로도 나를 더 행복하게 만들어 주고 자신을 더 좋아하게 만들어 주는 것 같다. 소소함의 저력이다.

얼마 전에 서촌 거리를 다녀왔다. 지인 덕분에 이곳저곳 맛집을 검색해 찾아갔는데 가는 곳마다 손님들의 줄이 꼬리를 물고 있었다. 식당 안을 들여다보면 비좁은 홀에 자그마한 테이블과 의자가 다닥다닥 붙어 있었다. 조용한 식당, 아담한 카페였는데 기다리는 사람들의 표정이 몹시 행복해 보였다. 길거리에 서서 각자 좋아하는 메뉴를 미리 고르며 사람들이 다정한 웃음을 지었다. 사람이 행복할 수 있는 조건은 그렇게 대단한 게 아닐 수 있겠다는 생각이 들었다. 소소한 일상 속에서 누릴 수 있는 나의 작은 행복들을 찾아보았다.

필통 속에서 내가 가장 좋아하는 펜은 0.38mm 볼펜이다.

나의 글씨체는 그다지 예쁘지 않다. 마음을 잡고 쓰면 제법 반듯한 글씨가 나오기도 하지만, 이내 글씨가 찌그러지고 흘림체가 되어 버린다. 긴 글을 쓸 때는 손이 아프고 팔뚝과 어깨까지 굳어진다. 아마도 글씨 쓰는 자세나 손에 힘을 주는 요령에 잘못된 습관이 붙은 모양이다.

그러던 어느 날 0.38mm 볼펜을 쓰게 되었다.

"오!" 탄성이 나왔다. 가느다란 볼펜 촉의 사각거리는 필기감이 참 좋았다. 삐뚤삐뚤한 나의 글씨가 작고 아담하여 귀여워 보이기까지 했다. 마찰이 적어서인지 손에도 힘이 덜 들어가고 글씨 쓰는 게 피곤하지가 않았다. 글씨가 단정해지니 노트 정리도 훨씬 깔끔하게 할 수 있게 되고, 내용도 더 꼼꼼히 정리하게 되었다.

내가 쓰는 손 글씨는 대부분 일기나 묵상 기록, 주일예배 설교 정리 용이다. 그래서 0.38mm 볼펜은 나의 중요한 기록을 담당하고 있다. 0.38mm 볼펜 덕분에 글쓰기를 더 잘할 수 있을 것 같다는 기대와 자신 감도 생겼다.

사람들은 저마다 좋아하는 음식이 있다. 나에게도 비교 불가의 최애 음식이 있다.

어릴 때, 엄마가 해 주셨던 오이지를 정말 좋아했다. 우리 엄마는 여름이 되면 딱 맞는 염분의 소금물에 오이를 절여 쪼글쪼글하고 짭조름한 오이지를 담그셨다. 누렇게 익은 오이지를 나박나박 썰어 찬물에 담가 반나절쯤 짠맛을 우려냈다. 시원한 냉수에 담가 냉장고에 넣어두었다가 뜨거운 밥을 소복하게 한술 떠서 그 위에 오이지를 얹어 먹으면 맛이 기가 막혔다. 찬물에 밥을 말아 오이지와 함께 먹어도 꿀맛이었다. 어릴 때는 세상 모든 오이지가 다 같은 맛인 줄 알았는데, 맛의 비결이 엄마의 손맛인 걸 어른이 되어서야 알게 되었다.

둘째 아이가 첫돌이 되기 전에 엄마가 갑작스럽게 쓰러지셨다. 중환자실 병상에서 겨우 눈만 뜨고 계신 엄마한테 "엄마 천국 가고 없으면 나는 오이지 어떻게 먹어?" 하고 철없이 오이지 타령을 했다. 꼬들꼬들 짠맛 나는 오이지는 나에게 그냥 오이지가 아니다. 엄마의 사랑이고 그리움이고 목마름이다. 어디 오이지뿐이랴. 우리 엄마의 된장, 고추장, 총각김치, 식혜는 오랜 세월이 지나도 여전히 꾸덕꾸덕한 목맴으로 가슴에 남아 있다.

요즘은 시어머니가 담가주신 오이지를 먹고 있다. 시어머니는 오이지를 그다지 즐겨하지 않으시지만, 여름이 되면 며느리를 위해 오이지를 담가주신다. 오늘도 시어머니의 오이지를 찬물에 가득히 담가서 저녁 반찬으로 맛나게 먹었다. 또 하나의 추억이 쌓여 행복하다.

나이가 들어가면서 글을 쓰는 일을 좋아하게 되었다.

함축적인 단어에 감정을 실어 시를 쓸 때는 마음이 몽글몽글한 소녀가 된다. 가상의 주인공을 만들어서 동화를 쓸 때는 무궁한 상상의 세계에서 현실을 벗어날 수 있다는 사실이 신기하다. 에세이를 쓰면서는 '누가 내 이야기 따위를 궁금해하겠어?'라는 부정적인 생각에 쪼그라들었다가도 과거, 현재, 미래의 시간 여행에 신이 나서 밤을 지새우곤 했다. 이 글을 쓰고 있는 지금도 눈은 반쯤 감겨 있지만 입가에는 지긋한 미소를 머금고 있다.

하루 일과 중에 집중하여 글을 쓸 수 있는 시간이 많지 않으니 늦은 밤까지 고군분투할 때가 많다. 덕분에 수면 부족과 만성피로에 찌들어 있기도 하다. 살림살이도, 강아지 산책도 은근슬쩍 미루게 된다. 생각이 막히거나 적합한 표현이 떠오르지 않을 때는 온몸이 주리를 트는 것처럼 괴롭기도 하다. 그럼에도 글쓰기를 멈출 수 없는 이유는 단어를 쓰고 지우며 생각과 감정을 끄집어내는 일이 행복하기 때문이다. 글을 통해 나를 다시 만나는 일은 언제나 신선하다. 성장해 가는 과정을 느낄 때면 마음 한 켠이 뿌듯해진다.

그 외에도 나는 좋아하는 것들이 아주 많다.

따끈한 모닝커피, 살살 녹는 생크림 빵, 묵은지를 곁들여 먹는 삼겹살은 나의 스트레스를 말끔히 씻어주는 최고의 음식들이다. 정성껏 예쁘게 차려낸 1인분의 셀프 조식은 나를 소중하게 느끼게 해준다. 여름에도 다리 사이에 끼고 자는 푹신한 오리털 이불은 나를 잠투정하는 어린 시절로 되돌려주고, 깨끗이 설거지해 놓은 주방과 수건을 착착 개어 놓은 정리된 욕실은 마음 편한 휴식을 선물한다. 산책길 한구석에 오롯이 혼자 피어 조심스레 고개를 내밀고 있는 작은 들꽃에도 자꾸만 눈길이 간다. 새 학기 교육과정을 재구성하는 일은 나에게 매우 특별한 설렘을 안겨준다. 애써 준비한 수업이 깔끔하게 진행될 때의 뿌듯함과 보람도 좋다. 요즘은 아이들에게 동화와 시를 읽어주곤 하는데, 문학을 통해 감동과 성찰을 끌어낼 때 행복하다. 무한으로 반복해서 들어도 감동을 주는 CCM(Contemporary Christian Music)과 성경 말씀 속에 담긴 하나님의 마음을 알아채는 순간의 행복감은 말로 다 표현하기 어렵다.

좋아하는 것들을 떠올리면 마음 가득 행복감이 차오른다.
사실 내가 좋아하는 것들은 서촌의 식당들처럼 작고 좁으며 대단치 않은 것들일 수 있다.
그러나 이 소소한 것들은 대단한 행복은 아닐지 몰라도 마음의 안정감을 가져다준다. 귀한 손님을 대접하듯 나 자신을 대접할 수 있다. 아련한 그리움과 깊은 사랑을 떠올리며 추억에 잠기게 한다. 지친 마음을 토닥이며 무미건조한 흑백의 일상에 알록달록 색깔을 덧입히기도 한다. 삶의 의욕과 열정을 품게 하여 자신의 인생을 자발적으로 살아갈 힘을 준다.
무엇을 좋아한다는 것은 그 자체만으로도 스스로를 더 행복하게 만들어 주고 자신을 더 좋아하게 만들어 준다. 소소함의 저력이다.

↳ 댓글 1: 읽으면서 전해주는 소소함의 매력과 행복에 따뜻함이 물씬 올라오고 포근해집니다. 저를 더 행복하게 만들고 더 좋아하게 만드는 소소함의 저력을 덕분에 생각해 봅니다.

↳ 댓글 2: 돌이켜보면 저에게 행복한 기억이란 일상의 소소한 추억이었네요. 사랑하는 사람들과 편안하게 보낸 순간들이 얼마나 큰 힘이 되었는지 다시금 알게 된 글이었어요.

↳ 댓글 3: _____

계절: 다시 살아 봄

서균화

한 줄 에필로그

계절이 다시 돌아오듯 인생의 봄도 해마다 나이 들어가면서 내게 다
시 돌아온다.

봄을 생각하니 맘이 회오리친다. 봄이 봄으로만 오지 않아서인 듯하
다. 내게 봄은 많은 이야기를 들려주기도 하고, 하게 하기도 한다. 그 많
은 '봄' 중, 두 개의 봄을 꺼낸다. 가장 찬란했던 봄과 지금의 봄을.

가장 찬란한 봄.
봄이라는 단어는 참 좋다. 설렘, 시작, 새싹, 어감 등. 말하는 것만으
로도 기분이 좋아진다. 그에 비해 계절로서의 봄은 나이가 들수록 마냥
좋지만은 않다. 꽃샘추위, 변덕스러운 날씨, 황사, 미세먼지, 어떤 날은
심지어 하루에 네 계절이 다 있는 듯하다. 나이가 드니 몸이 계절을 따

라가지 못한다. 몸이 봄을 따라가지 못한다. 나이가 들었다는 첫 신호탄이 눈에 대한 느낌이라 한다. 어릴 때 창문 밖으로 눈을 보면 마음이 들떠졌다. 그때 눈은 함께 놀 친구였다. 하지만 어느 날부터 눈이 더 이상 함께 놀 친구가 아닌, 출퇴근길의 걱정이 되었다. 흰 눈과 놀이 사이에 틈이 생겨나듯, 봄이라는 단어와 계절 사이에도 점점 틈이 벌어진다. 마음은 몸을 따라가는 걸까? 봄이라는 단어는 여전히 좋은데 설렘은 현재보다 과거에 더 있다. 내 인생의 봄은 자각도 없이 훌쩍 멀어진 듯하다.

  가장 돌아가고 싶은 봄 풍경을 떠올린다. 지금이라도 그때로 돌아가서 머물고 싶은 봄이다. 그날은 오랜만에 볕이 따뜻했다. 내 곁에서 꼼지락대는 아이들과 햇살을 즐기고 싶었다. 주거지 옆, 개천이 흐르는 산책로로 아이들과 나들이 가고 싶은 마음이 가득 차올랐다. 분명 시작할 때는 들뜨고 기분 좋았는데, 준비하면서 지쳤다. 나들이 한 번에도 준비해야 할 것들이 가방에 넘쳐났다. 아이들 간식, 물, 여벌 옷 등등. 처음엔 간단히 준비하려 했으나 혹여나 하는 불안함에 이것저것 분주히 싸고 또 쌌다. 가방을 싸는 동안에도 아이들은 가만히 있길 못했다. 물병에 물 담으며 아이들 달래고, 물병을 가방에 넣고 아이들 말리고, 얼추 가방을 간신히 다 싼 후에는, 외출 준비하지 않으려는 아이들과 씨름해서 옷을 입혔다. 유모차에 들어가지 않으려는 아이를 거의 욱여넣다시피 해서 앉히기까지 그냥 나가지 말까 하는 생각이 수백 번 들었다.
  그런데 봄이었다. 창문으로만 햇살을 보기 싫었다. 창문 밖에서 그 햇

어서 오세요, 이곳은 에세이 클럽입니다

살 속에 직접 있고 싶었다. 준비하면서 솟아올랐던 짜증, 화남, 예민함 등 빗방울 튀기듯 사방으로 튀던 감정은 내리쬐는 따뜻한 볕 속에 녹아내렸다. 아직 걷지 못하는 둘째는 아기띠에 매어 품고, 첫째가 앉아 있는 유모차를 끌며 천천히 걸었다. 첫째는 밖으로 나오려 아등바등했다. 걷는 것이 서툰 첫째이지만 '너 역시 봄 햇살을 즐기고 싶구나.' 하는 생각에 유모차 밖으로 나오게 했다. 딸아이는 내 옆에서 손잡고 아장아장 걷다가 무엇이 그리도 신나고 흥분되었는지 손을 놓고 앞에서 종종거리며 걸었다. 그때, 딸의 뒷모습이 눈부셨고 품에 있는 아이의 포근함이 뭉클했다. 내 인생의 찬란한 봄 풍경이었다.

그 이후로 이사 갈 때까지, 봄마다 따뜻한 햇살이 내리쬐는 실개천 옆 산책로로 아이들과 부지런히 나들이 나갔다. 여전히 준비는 분주하고 울화통 터졌지만, 아이들과 함께 누렸던 햇살과 내음은 지금도 내게 가장 아름다운 봄이다. 해마다 봄은 다시 돌아오지만, 그때의 봄은 돌아오지 않는다. 돌아오지 않는 봄은 여전히 그립지만, 그래도 이제는 또 다른 봄을 기다린다. 계절이 다시 돌아오듯 인생의 봄도 해마다 나이 들어가면서 내게 다시 돌아온다.

지금 '봄': 계절이 보낸 따뜻한 응원.
올해 4월 무렵이다. 퇴근 후 장을 봐서 집에 가는 평소 같은 별것 없는 날이었다. 손에 든 묵직한 장바구니에 잠깐 길을 멈췄다. 멈추고 선 그 잠깐의 시간, 문득 길가에 늘어서 있는 나무들의 연한 연둣빛이 눈에 들어왔다. 좋아하는 봄 색이다. 가만히 그 연한 색들을 보며 서 있는 동안 햇살에 온몸이 따뜻해졌다. 미지근한 온기를 띤 봄기운이 뼈 마디마디 얼었던 몸을 녹여주었다. 날이 포근해서였을까, 연둣빛이 곱게 보여서 였을까, 계절이 보내는 따뜻한 응원이 마음속에 들어왔다.

올 초, 새해는 왔지만, 새해의 결심과 축복은 남의 일이었다. 몇 년 전부터 그랬다. '일상을 살아낼 힘이 부족해.' 하며 정신이 유령처럼 둥둥 떠다녔다. 혹독한 감기 후 입맛을 잃어버린 것처럼 모든 일상이 맛을 잃어버렸다. 사춘기 딸아이와 주기적으로 부딪히는 마찰, 게임할 때마다 다른 영혼이 빙의된 듯한 아들, '육아 공동체'로만 곁에 있는 것 같은 남편, 늙어가시는 부모님, 직장에서의 전문성과 유능감이 해마다 떨어지고 있지 않나 하는 '낙차'로 인한 두려움. 인생에 빛날 일은 이제 없고 불 꺼질 일만 남은 것 같았다.

언제부턴가, 당장 닥친 일에 대해서만 발을 동동거리며 제대로 호흡하지 않고 애써 왔다. 책임에 해당하는 일은 무엇하나 놓칠 수 없었다. 특히 '엄마와 교사'라는 책임은 가장 중요한 두 개의 축이었다. 두 개의 축에서 뻗어난 일상의 촘촘한 수레바퀴 살은 맘에서 여유를 빼앗았다. 있는 힘껏 페달을 밟았고, 몸과 맘은 지치고 소진되어 갔다.

말하자면 그런 봄이었다. 살기 위해 저지른 무작정의 시도와 도전들은 있었지만, 살아갈 힘은 아직 충분하지 않았던 봄이었다. 퇴근 후 지

어서 오세요, 이곳은 에세이 클럽입니다

친 육체로 무거웠던 평범한 봄날 오후였다. 볕이 따뜻해서, 바라본 나뭇잎 색깔이 고와서 잠깐 멈췄을 뿐이었다. 그런데 참 이상하다. 잠시 멈췄을 뿐인데, 잠시 바라봤을 뿐인데, 그때부터 조금씩 다시 살아났다. 닳아 없어졌다고 생각했던 마음에 윤이 나기 시작했다. 지금 내가 조금씩 더 힘을 내고, 뻑뻑했던 것들이 부드러워지기 시작한 것은 그때의 봄과 나무와 연두와 햇볕이 보내준 따뜻한 일렁임 덕분이다.

 ↳ 댓글 1: 살아내는 동안 맞이했던 봄들의 찬란함을 잠시 잊고 있었네요. 내년에 만날 봄은 또 어떤 기적으로 다가올까요?

 ↳ 댓글 2: 매년 되돌아오는 봄은 우리에게 살아갈 에너지를 조용히 선물하나 봐요. 문득 느껴지는 계절의 생기로 말이에요. 다시 살아 '봄', 오늘도 힘내 '봄'!

 ↳ 댓글 3: _____

편지: 당신에게 편안함이 찾아오길

민정하

한 줄 에필로그

소복소복 눈 쌓이듯 써 내려간 문구들이 마음에 내려앉아 보드레한 이불이 되어 간다.

"너의 마음이 편안함과 즐거움으로 가득 찬 날이 오길 바라는 마음을 담아 편지를 써본다."

새로운 친구를 만나 반가움을 표현할 때, 미안한 끝에 사과의 마음을 담아 건네고 싶을 때, 얼굴을 마주 보고 말할 용기가 나지 않을 때, 내가 항상 너의 뒤에서 기도하겠노라 응원을 전하고 싶을 때마다 편지를 쓰곤 한다. 요즘은 문자, 카카오톡으로 언제 어디서든 편하게 메시지를 보낼 수 있다. 게다가 이모티콘에 동영상까지 추가하면 글로 표현하기 어려운 화려한 입체감도 더할 수 있다. 하지만 많은 기능을 추가한 모바일 편지는 왠지 모르게 손으로 쓴 소박한 편지보다 가볍게 느껴진다. 다소 불편한 과정이지만 진심을 전달하고 싶은 마음이 손 편지에 녹아 깊이 감을 더해준다. 그렇게 불편함을 감수하면서도 편지를 쓰고 싶을 때가 있다.

딸아이가 일본에서 학교에 다니게 된 후, 처음 시작한 일이 도시락 싸기다. 외국 학교다 보니 한국 음식이 제공되지 않았다. 아이가 식사를 낯설어할까, 걱정되어 밥이라도 편안하게 먹을 수 있기를 바라는 마음에서 시작된 일이었다. 모든 게 낯설기만 한 그곳에서 아이는 철저하게 혼자였다. 영어에 익숙하지 못했던 딸은 새로운 얼굴이 신기해 다가오는 친구들이 말을 걸어도 대답하지 못하고 멀뚱히 서 있었다. 그렇게 혼자서 낯선 장소의 위압감을 견뎌내고 있었다. 이런 딸의 모습을 본 적이 없었기에 마음이 아려왔지만, 마음속으로 응원하고 지켜봐 줄 수밖에 없었다. 딸을 두고 돌아서는 길은 왜 그리 긴지, 집으로 돌아오는 내내 마음 한구석에 서러움과 걱정이 차올라 멈출 줄 몰랐다. '토독, 토도독'. 무릎에 떨어진 짙은 서러움의 감촉을 느끼고서야 울고 있음을 깨달았다. 한없이 가벼울 줄 알았던 눈물이 이토록 무거울 줄이야. 바지 위에 스며들어 조금씩 퍼져나가고 있는 흔적에는 질량의 법칙 따위는 적용되지 않았다. 감당하기 힘든 무게감에 한없이 아래로 추락하는 기분을 느꼈다.

엄마가 되고 보니 아이의 성장을 보는 것이 뿌듯하지만 가슴이 뻐근하게 아플 때도 많았다. 인생길에는 걷기에 꽤 발이 아픈 자갈길도 있다. 알지만 그 길을 걷고 있는 아이를 볼 때면 내 마음도 함께 자갈길을 걷고 있었다. 세상에 자식을 내어놓은 부모라면 누구라도 마음고생을 겪는다. 그것 또한 당연한 부모의 몫이지만 흔들리는 마음은 달래기 어려웠다. 이불에 묻은 먼지를 바람에 탈탈 털어버리듯 서글픔과 속상함을 훨훨 날려버리고 싶었다. 이 응어리를 풀어버릴 글을 쓰고 싶었다. 그렇게 도시락 편지가 시작되었다. 첫날, 아침 6시에 일어나 도시락을 준비하고 난 뒤 글쓰기를 시작했다. 8살 딸아이의 손바닥만 한 편지지에 무슨 내용을 쓸지 한참을 고민했다.

> "사랑하는 우리 딸. 반가워. 오늘은 우리 딸에게 처음으로 엄마가 도시락을 싸주는 날이야. 새로운 친구들과 사이좋게 지내고 행복하고 즐거운 추억 많이 만들길 기도할게. 너는 언제나 멋진 딸이야. 엄마 딸로 이 세상에 와줘서 정말 고마워. 사랑해. 오늘 도시락 맛있게 먹고 편안한 시간을 보내길(처음이라 힘든 그 시간을 잘 견뎌내길)."

제일 전하고 싶던 괄호 안의 문장은 차마 적지 못했다. 마무리 인사로 쓴 '사랑해'라는 문구에 눈이 시려왔다. 볼펜에 꽤 힘을 주어 썼던 기억이 강렬해 그 느낌이 아직 손끝에 남아 있다. 그렇게 마음속으로 비나리를 불러주었다. 글에 마음을 담아 보낸다는 것의 의미를 그때 알았다. 거창하지 않아도, 화려한 미사여구가 없어도 단어가 주는 묵직하고 따뜻한 감각을 말이다.

　세상에 누군가가 써 내려갔을 편지들이 얼마나 많을까? 편지에 담긴 간절함과 기도들은 얼마나 쌓였을까. 소복소복 눈 쌓이듯 써 내려간 문구들이 마음에 내려앉아 보드레한 이불이 되어 간다. 그 이불 덮고 꽃잠 들길 바라는 사랑의 마음. 어스름한 밤을 배경 삼아 도시락을 준비하다 보면 서서히 아침이 밝아온다.

　밤을 지나 아침을 맞이하듯 그 시간을 묵묵하게 버텨주기를 바라는 마음을 한 자, 한 자에 꼭꼭 눌러 담았다. 대견하다, 사랑한다, 고맙다는 내용이 전부였지만 아이는 편지를 읽고 고이 접어서 서랍에 보관해 두었다. 서랍 정리를 하다가 찾아본 편지는 그 시절, 나와 딸아이의 수고를 그대로 담고 있어 볼 때마다 마음이 포근해졌다. 서랍에 손 편지가 차오르고 학교 가는 아이의 발걸음이 가벼워지기 시작할 무렵부터 남편에게도 편지를 썼다. 일본 사람들 사이에서 홀로 한국인으로 일하는 남편에게도 위안과 감사를 전하고 싶었다. 그의 수고로움과 묵묵한 사랑을 안다고. 힘듦을 내색하지 않고 견디는 뒷모습에서, 잔뜩 힘이 들어간 어깨에서 그의 수고가 오롯이 느껴졌다. 편지를 읽고 점심 도시락을 먹는 시간만이라도 긴장을 내려놓고 잠시나마 편안한 마음을 가져주길 바랐다.

당신의 뒤에는 항상 그대의 삶을 응원하고 함께해 줄 내가 있노라 알려주고 싶어 쓰기 시작한 손 편지가 쌓이는 만큼 아이와 남편의 일상도 어느 순간 편안해지기 시작했다. 같은 계절을 세 번 겪으며 편지가 주는 무게감은 점점 가벼워졌다. 가끔은 웃기지도 않는 어색한 유머가 담기기도 할 만큼 명랑해졌다. 이제 일본에서 손 편지를 써 줄 날은 석 달이 채 남지 않았다. 시간은 모든 것을 의미 있게 해주기도 한다. 서러움이 가득했던 처음. 힘들었던 시절이 서서히 지나가고 나름의 추억이 되어 글쓰기 소재가 되어 주기도 한다.

누구에게나 위로를 전해주는 것이 있기 마련이다. 편지를 쓰기 시작한 첫날부터 글을 쓰는 나도, 편지를 받는 가족들도 나름의 위안을 받았다. 그렇게 서로에게 얽히고 부대끼며 감사와 위로를 온몸으로 느끼며 하루를 살아내고 있다. 오늘도 도시락을 열었을 때 깜짝 선물 같은 손 편지처럼 소소한 행복을 챙겨볼 수 있는 하루가 되길 기도해 본다.

> ↳ 댓글 1: 편지에도 따스한 사랑이 한가득 담겨 있었을 듯해요. 아마 그 마음을 읽었기에 낯선 곳에서 딸도, 남편분도 함께 하고 있다는 편안함을 느끼지 않았을까요?
>
> ↳ 댓글 2: 아들 수능 도시락에 편지를 써 줘야겠다고 생각했어요. 문장을 좀 베껴 쓸게요. 괄호는 역시 내 맘속에.
>
> ↳ 댓글 3:
>
> _____

어서 오세요, 이곳은 에세이 클럽입니다

사진: 사진첩을 열어보세요

황지현

한 줄 에필로그

사진첩을 열어보자.

사진을 찍었던 그날의 나와 마주 앉아 무한한 이야기를 나눌 수 있

을 것이다.

    새로운 사람이 되어보리라 다짐할 때 누구나 한 번쯤은 '이것'에 도전

했을 것이다. 바로 '아침형 인간이 되자'라는 것. 나 역시 여러 번 시도했

다. 그리고 슬프게도 매번 꾸준하지 못하고 아침잠에 졌다. 나는 철저한

올빼미형 인간이었다. 아마 앞으로도 계속 그럴 것 같다. 그런데 이런

내가 요즘 일주일에 단 하루, 아침형 인간이 되는 요일이 있다. 심지어,

무려 일요일이다.

    글쓰기라는 새로운 취미를 갖게 되고 좋아하는 것이 무엇인지 열심히

찾아보고 있을 때, 에필로그 에세이 클럽을 알게 되었고, 참여하고자 신청했다. 그리고 매주 일요일 아침 6시에 책을 읽고 필사하며 글쓰기를 사랑하는 지금의 글벗들을 만나게 되었다. 그렇게 나는 일주일에 단 하루, 그들과 함께 아침형 인간으로 살기 시작했다.

일어난 지 채 5분도 되지 않아 부스스한 머리에 눈곱도 떼지 못한 얼굴로 컴퓨터 화면 너머로 간단히 아침 인사를 한다. 그날의 글쓰기 주제를 받아 잔잔히 흐르는 음악과 함께 글을 쓴다. 짧은 시간이 지나면 그때까지 쓴 글을 낭독하고 서로의 글에 소감도 나눈다. 매주 새로운 글감을 게릴라로 부여받아 글을 쓰는 것은 글쓰기 초보자에게는 어려운 일이다. 하지만 이게 글쓰기 근육을 키우는 데 꽤, 아니 매우 엄청난 역할을 했다. '일단 쓰기'는 정말 대단했다.

매주 주어지는 다양한 글감들은 나를 각성하게 했다. 특히 '사진'이라는 글감을 받았던 5월의 마지막 주 일요일 아침이 기억에 남는다. 글을 쓰고 나누는 것, 함께 쓰기에 특별함을 느꼈던 날이기 때문이다.

5월의 마지막 주 일요일 아침 6시, 말했듯 '사진'이라는 글감을 받았다. 내가 가진 사진을 찍을 수 있는 도구는 딱 하나, 휴대폰이다. 그래서 휴대폰 사진첩을 열어보았다. 사진첩에서 나의 5월을 볼 수 있었다. 나의 5월은 잔잔함이었다. 5월은 봄이 가는 듯 여름이 오는 듯, 아침 바람은 서늘하다가도 선선했고, 한낮 햇살은 후덥지근하다가도 포근했다. 즐길 수 있는 최고의 날씨를 선물하고 있었다. 덕분에 아침 출근길이 상

어서 오세요, 이곳은 에세이 클럽입니다

쾌했고, 저녁 퇴근길은 가벼웠다. 사진첩에는 상쾌한 출근길과 가벼운 퇴근길에 시선을 사로잡은 계절의 예쁜 꽃과 나무가 남겨져 있었다. 그리고 주말에 가족과 함께 나선 공원에서의 편안함이 담겨 있었다. 사진첩에 기록된 사진을 통해 5월의 기분 좋은 바람과 햇살을 다시 느끼며 일상의 글을 써 내려갈 수 있었다.

글쓰기가 끝나고 각자의 글을 낭독하는 시간. 글벗들의 5월을 나눌 수 있었다. 글벗들이 선택한 사진. 각자의 시선이 담긴 이야기. 모두가 달랐다. 그래서 좋았다. 어떤 분은 나처럼 꽃과 나무를 찍었지만, 그들에게서 응원을 받았다고 또 다른 이야기를 했다. 또 어떤 분은 문득 떠오른 바다 생각에 곧바로 달려갔던 양양의 바닷가에서 만난 특별한 날의 일출에서 의미를 찾았고, 또 다른 이는 매일의 일상인 점심시간 도시락을 보며 주변인들과의 소소한 일상에서 의미를 찾았다. 누구는 5월의 여왕, 형형색색의 장미꽃 사진과 함께 추억의 만화 캔디의 주인공들을 떠올리며 과거의 시간을 말했고, 누구는 사진첩에 찍힌 5월의 초록 식물들을 보며 그냥 흘려보냈던 시간의 흔적을 되찾았다며 지금의 시간에 감사해했다.

신기하다. 같은 주제인 '사진'을 받아 이렇게 다양한 글이 펼쳐진다는 게 말이다. 아마 열 명의 글을 더 나눌 수 있었다면 열 개의 또 다른 이야기를 만날 수 있었을 것이다. 한 사람이 쓰고 편집하는 글은 오롯이 그 사람의 글이다. 백 명의 사람이 있다면 백 개의 이야기가 나올 것이다. 백 개의 경험과 시선이 각각 존재하기 때문이다. 다른 것은 틀린 것이 아니라고 했다. 글도 마찬가지이다. 나와 타인의 경험과 시선은 다르기에 다른 글이 나오는 것이고 누구의 글이 더 좋고 누구의 글이 더 나쁘고를 이야기할 수 없다.

그러니 일단 써보자. 만약 글을 쓰려고 책상 앞에 앉았는데 아무런 생각이 나지 않고 그저 멍하니 앉아 있게 된다면 사진첩을 열어보자. 흘려 넘긴 나의 시선과 마음이 보일지도 모른다. 사진첩의 사진들이 말을 걸어 올지도 모른다. 학교 교문을 통과하는 책가방을 메고 있는 아이의 뒷모습, 잠시 멈춰서 올려다본 하늘에서 만난 새하얀 구름, 읽고 있는 책에서 만난 인상 깊은 구절. 그렇게 남겨둔 시선과 마음을 마주하고 글을 써보자. 내 안에 이미 쓰고 싶은 이야기가 있었다는 걸 사진이 알려주고 있을지도 모른다. 사진을 찍었던 그날의 나와 마주 앉아 무한한 이야기를 나눌 수 있을 것이다.

찍었던 사진을 다시 보지 않던 날들이 많았다. 그렇지만 5월의 마지막 일요일 이후로는 종종 사진첩을 열어본다. 요즘 내가 좋아하는 것, 요즘 빠져 있는 것들이 무엇인지 알 수 있어서 좋다. 흘러갔던 나를 다시 만날 수 있어서 좋다. 머릿속에 뱅뱅 돌기만 하고 보이지 않던 글감이 보여서 좋다. 그래서 '사진첩을 열어보는 것'이 좋다.

↳ 댓글 1: 같은 사진으로 글을 써보는 건 어떨까? 라는 생각이 들기도 하네요. 다 다른 얘기들로 재미있을 거 같아요.

↳ 댓글 2: 정말 각자의 사진첩에는 자신만의 스토리가 있는 것 같아요. 같은 주제의 다른 이야기를 읽으며 오늘도 한 수 배우고 갑니다.

↳ 댓글 3: _____

장소: 이상한 나라의 줌(ZOOM)

편희정

한 줄 에필로그

내 일상이 양식화되고 있다. 정해진 시간, 익숙한 장소에서.

"이 선생님은 '연수 중독자'입니다."

존경하는 수석 선생님께서 대면 연수에서 다른 선생님들께 나를 소개하는 내용이었다. 너무 재미있는 표현과 재치에 빵 터졌지만, '아! 내가 그렇구나!'라고 가만히 생각해 보니 그런 것도 같다. 나는 항상 부족하다고 생각하기에 연수를, 배움을 좋아한다. 모든 연수에서 배움이 다 만족스러운 것은 아니다. 그렇지만 거기서 '아!'라고 할만한 내용이 하나만 있어도 나의 시간과 체력을 맞바꾼 것에 만족한다. 이렇게 연수는 많은 것보다 단 한 개를 얻기 위한 마음으로 참여하는 편이다. 평일에는 퇴근길 연수, 주말에는 연구회, 각종 연수 등 바쁘게도 다녔다. 그런데 요즘은 대면 연수는 줄고 비대면 연수의 비중이 많은 편이다.

어서 오세요, 이곳은 에세이 클럽입니다

"ZOOM(원격 커뮤니케이션 플랫폼)"

나는 이곳에서 그동안 궁금하고 좋아했던 유명인들의 강의도 직접 들을 수 있었다. 이것이 지방에 사는 나에게는 가장 큰 장점으로 느껴진다. 어느 날은 정말 좋아하는 유명인의 연수가 있었는데 늦으면 마감될까 봐 신청 시간을 알람까지 맞춰놓고 오픈과 동시에 신청했다. 강의는 2시간이었지만 질의응답 시간이 꼬리에 꼬리를 물고 1시간이 더 이어졌다. 오히려 대면이었으면 질문이 많이 안 나올 수도 있었다고 생각한다. 채팅창에 질문을 남기니 부담스럽지 않아서인지 정말 궁금한 것들을 눈치 보지 않고 다들 편하게 꺼내 놓았다. 사실, 요즘 온라인 연수는 비대면이라고 표현하지만, 나는 대면 연수라고 생각한다. 강사도 나를 볼 수 있고 나도 강사를 볼 수 있으며 참여자들 모두를 서로 볼 수 있으니, 서로 대면하며 소통이 더 잘 된다. 그렇게 시간적, 물리적 거리를 단축해 주고 체력을 적게 소모할 수 있으며, 강의자료도 잘 보이고 질문도 맘껏 할 수 있는 '원격 커뮤니케이션 플랫폼'이 나는 좋다. 그래서 더욱 연수 중독자가 될 수 있었던 것이 아닐까 싶다.

그런 온라인 연수가 있는 날에는 보통 거실 식탁에서 노트북으로 접속한다. 따로 공부방이 있는데도 이상하게 거실 식탁에서 공부하는 것은 개방감과 백색소음이 있는 카페에서 공부하는 것과 같은 느낌이다. 나중에 집을 지으면 거실만 있고 방은 없는 구조로 아주 큰 원룸을 만들고 싶다고 생각하곤 한다. 그만큼 방으로 들어가는 것보다 거실에 머무는 것을 좋아한다.

아무튼 그렇게 거실에서 줌(ZOOM) 연수를 듣고 있으면 식구들이 나를 위해 모두 방으로 들어간다. 화면에 잡히지 않기 위해서이기도 하고, 내가 집중하고 소통하는 것에 방해를 주지 않기 위해서다. 참 고마운 일이다. 처음에는 한 달에 한두 번 연수로 접속했던 줌(ZOOM)은 개인적 소모임이 여러 개 생기면서 일주일에 3번 이상 접속하게 되었다. 이렇게 되면 더 이상 가족들을 방에 둘 수 없다. 물 마시러 또는 화장실을 갈 때 방에서 나와 숨을 죽이고 조심스럽게 행동하는 모습을 보면서 내가 방으로 들어가야겠다고 생각했다.

습관은 일정한 시간과 장소에서 만들어진다고 한다.

매번 거실 소파에서 누워있던 나는, 이제 정기적인 시간이 되면 방으로 들어가서 노트북을 켠다. 내 일상이 양식화되고 있다. 정해진 시간, 익숙한 장소에서. 그런데 그 장소는 내 방이라기보다 줌(ZOOM)이다. 줌(ZOOM) 없이는 내 방으로 들어가지 않기 때문이다. 새벽에 접속하여 대면할 때도 있어서 바로 일어나 불을 켜면 형광등에 눈이 부셔 책상 위 캐노피도 설치했다. 그리고 눈의 피로도를 줄여줄 조도를 조절할 수 있는 스탠드도 샀다. 데스크웨어로 귀여운 펜과 소품도 가져다 놓고, 전자파를 막아줄 초록 식물 선인장도 배치했다. 보통 2시간 동안 화면 프레임 안에 있으니 목이 마르면 마실 보이차 테이블도 책상 옆에 준비했다. 그리고 화면으로 보여주는 나의 모습 뒷배경이 허전해 보여 벽 조명도 설치했다. 내가 보여주는 화면이 단조롭지 않고 시선이 내 얼굴에만 머물지 않게, 그리고 화면이 좀 더 따뜻하게 보일 수 있도록 했다. 그렇게 줌(ZOOM)을 중심으로 집중할 수 있는 방의 환경을 하나씩 하나씩 만들어 가는 재미도 있었다. 그런 것들이 더해지고 쌓여 행복한 시간과 장소이다.

예전부터 낭독이나 낭송을 하고 싶었다. 어디서 배울 수 있는지 몰랐는데 성우님께 온라인으로 배울 수 있다는 정보를 알게 되어 신청했다. 평소 줌(ZOOM)에서 했던 의견을 나누거나 설명하거나 등의 말 하기가 아닌, 실습으로 이루어지는 낭독은 함께 호흡하고 발음 연습도 한다. 화면이지만 입 모양을 보고 잘못되거나 부족한 것도 피드백을 받으며 배우는 과정에서도 무리가 없었다. 더 나아가 목소리에서 느껴지는 감정이나 과거에 지나온 경험의 흔적들도 다 전달이 된다는 것이 놀라웠다. 그렇기에 이 30센티 정도밖에 되지 않는 네모난 화면은 서로가 맞닿아 있듯 가깝게 느껴진다.

또 일주일에 두 번은 명상 모임을 한다. 화면을 끄고 눈을 감는다. 가이드의 목소리에 집중하고 호흡한다. 이럴 땐 서로가 보지 않고 나의 호흡에만 집중할 수 있어서 더욱 좋다. 어떤 날은 세계 UN 요가의 날을 맞아 줌(ZOOM)으로 요가를 했다. '와우! 이런 것까지 가능할 줄이야.' 항상 화면에 얼굴 또는 상체만 보이게 하고 듣거나 말하거나 했던 네모난 평면적 화면이 입체적 공간으로 확장되고, 나의 전신 그리고 신체 움직임까지 담아내고 같은 동작을 하며 함께하는 일체감을 주는 유니버스 같았다.

  나는 이런 '줌(ZOOM)'이 『이상한 나라의 앨리스』의 '거울' 같다고 생각했다. 다양한 캐릭터들과 만나며 앨리스의 지능, 용기, 회복력을 시험하는 일련의 초현실적인 모험을 경험하는 이야기가 꼭 '나' 같다. 거울 세계에서 모험을 통해 앨리스는 새로운 자신감과 자기 인식을 얻게 되는 것처럼, 나 역시 모험을 하고 있는 느낌이다. 언젠가는 체스판의 여왕이 되는 앨리스처럼 뭔가 '승리'를 할 날이 올 것만 같다.

    ↳ 댓글 1: '장소'라는 키워드에서 '줌' 공간을 떠올린 선생님의 창의적 발상에 감탄하고 갑니다. 줌이 있었기에 우리의 배움과 만남이 더 확장되고 깊어진 것 같아요. 쌤과도 연결해 주었으니까요. ^^

    ↳ 댓글 2: 와~ 줌(zoom)이라는 공간을 새롭게 정의하셨네요. 신선합니다. 줌 덕분에 함께 쓰는 즐거움을 얻고, 자신을 솔직하게 직면하는 용기를 배우고 있는 것 같아요.

    ↳ 댓글 3:

_____

    어서 오세요, 이곳은 에세이 클럽입니다

질투심: 부러우면 부러운 거다

전수민

한 줄 에필로그

부럽고 질투 나면 어떠한가. 부러우면 지는 게 아니다. '부러우면 그냥 부러운 거다.'

질투심은 질투하는 마음을 뜻하는 부정적인 의미가 강한 단어이다. 하지만 질투심이 항상 부정적인 결과만을 낳지는 않았다. 내 인생은 '질투'로 점철되어 있다고 해도 과언이 아니다. 나보다 잘난 사람, 좋은 조건을 가진 이들은 모두 질투의 대상이 되었다. 그런데 아이러니하게도 그 질투심이 현재의 나를 있게 했다. 그들과 같아지고 싶어 노력했던 결과일까.

나는 늘 욕심이 많은 아이였다. 뭐든 하면 1등을 해야 했고 지고는 못 사는 성격이었다. 초등학교 5학년 때 미국에 살던 지우가 전학을 왔다.

지우의 생일 파티에 초대되어 난생처음 아파트를 가보게 되었다. 대부분 주택에 살던 시절이라 아파트는 그야말로 신세계였다. 영어도 잘하고 싶었고, 그런 예쁜 집에 살고 싶었다. 하지만 그럴 수 없었기에 내가 할 수 있는 최선은 영어를 배우는 것이었다. 집은 아무래도 흉내낼 수 없으니, 그녀의 회화 실력만이라도 내 것으로 만들고 싶었다. 그때는 영어 과목이 초등 교육과정에 없었기에 학원을 따로 다녀야 했다. 나는 몇몇 친구들을 모아 영어를 가르쳐 달라고 제안했고, 지우는 흔쾌히 수락했다. 열심히 배웠다. 물론 노는 수준에 불과했지만, 영어 공부의 매력에 빠지기에는 충분했다. 지금 생각해 봐도 난 참 맹랑한 녀석이었다.

질투 대상은 어느 곳에나 늘 있는 법. 고등학교 때는 공부도 잘하고 그림도 잘 그리는 수아가 있었다. 수아는 예술적 기질이 남달라 코를 빨갛게 칠한 석고상 옆에 소주잔을 놓아둔 작품을 교내 미전에 출품했다. 친구의 예술적 선택과 표현력에 저절로 존경심이 느껴졌다. 학생 전시로는 부적합하다는 판단으로 퇴짜를 맞았음에도 말이다. 남들 다 미친 듯이 공부한다는 고2 겨울방학에 프랑스 여행을 다녀온 친구가 질투 나지 않을 사람이 누가 있으랴. 그러고도 수아는 쉽게 서울대에 합격했다. 내가 보기에는 아주 쉽게. 대학을 똑 떨어진 내가 보기에는.

수아를 다시 만난 건 중등 교사 임용 시험장이었다. 넘을 수 없는 높고 단단한 벽으로 느껴졌던 친구가 화가 대신 교사를 하겠다고 온 것이었다. 이상하게도 그녀가 나와 같은 길을 가고 있음을 목도하고 안도하

어서 오세요, 이곳은 에세이 클럽입니다

게 되었다. 그해 우리는 둘 다 시험에 합격했고, 각각 경기도 남과 북에서 미술 교사로서의 생활을 시작했다.

그런데 이상했다. 끝난 것 같았던 질투심이 다시 내 마음을 흔들기 시작했다. 수아가 대한민국 스승상뿐만 아니라 모 출판사의 미술 수업 공모전에서 금상을 받았다는 수상 소식을 접한 뒤부터였다. 교사까지 너무나 잘 해내는 모습에 옹졸한 마음이 또 고개를 들었다. 수아는 아름다운 작업실에서 멋진 그림을 그리며 그림책 작가로도 활동하고 있다. 친구는 내 인생의 목표를 벌써 다 이룬 셈이다. 어쩌면 죽을 때까지 이루지 못할지도 모르는 나의 꿈들을 말이다. 수아의 SNS 공간에서 예쁘고 화려한 삶도 만났지만, 부러움과 질투심으로 힘들어하는 나도 만나야 했다. 여전히 어린이 같은 나를. 나이를 이만큼 먹었음에도.

소설『불편한 편의점』에서 엄마가 근배에게 이런 말을 한다.

"아들 비교는 암이고 걱정은 독이다. 안 그래도 힘든 세상살이, 지금의 나만 생각하고 살렴. 살았다, 살아지더라, 걱정 따위 지우고 비교 따위 버리니, 암 걸릴 일도 독 퍼질 일도 없더라."

이 글 덕분이었을까. 질투심, 부러움이란 단어들이 어느 순간 나를 괴롭히는 감정이 아니라 자신을 표현하는 진행형 단어로 다가왔다. 타인을 질투하거나 부러워하는 마음이 일었다는 것을 인지하고 충분히 받아들일 수 있는 여유의 단어로, 그런 건강한 에너지를 가졌다는 믿음으로 바라볼 수 있게 되었다. 그 감정에 빠져 몸과 마음을 망가뜨리지 말아야겠다는 깨달음도 함께 찾아왔다. 나의 첫 번째 독자인 남편이 블로그 글을 읽고 이런 질문을 한 적이 있다.

"요즘 너무 자기 비하가 심한 것 아냐?" 나는 자신 있게 대답했다.

"아니야. 그게 내 본모습인걸. 괜찮다거나 아무렇지 않다고 꾸며내는 건 내가 아니지."

난 글을 쓰면서 변했다. 부끄러움, 소심함, 속상함과 질투심 등 매일 일어나는 감정에 솔직해졌고, 누가 보든 말든 온라인상에 공개할 수 있게 되었다. '질투 날 수 있어. 그럴 수 있어. 부러워하고 질투 나는 내 감정은 소중한 거야.' 마음에 이는 질투심을 진솔하게 들여다볼 줄 아는 사람이 되었다. 비교와 질투를 암으로 만드는 사람이 되지 않아서 얼마나 다행인가. 포기할 수 있는 부분은 포기할 수 있는 용기를 가져서 얼마나 다행인가. 내 질투심의 역사는 앞으로도 계속될 것이다. 심지어 죽는 날까지도 말이다. 아프지 않고 편히 죽는 사람, 사랑하는 가족 옆에서 이 세상을 마무리하는 사람을 부러워할지도 모른다. 자신의 감정에 솔직한 그런 사람으로 늙어가고 싶다. 부럽고 질투 나면 어떠한가. 부러우면 지는 게 아니다. '부러우면 그냥 부러운 거다.' 난 나의 질투심을 사랑한다. 질투심은 내 삶을 살아가게 하는 에너지이다.

↳ 댓글 1: 질투도 삶에 대한 건전한 에너지로 바꾸는 것이 글의 힘인 것 같습니다. 부러우면 지는 게 아니라 그냥 부럽다는 말이 위로와 힘이 됩니다.

어서 오세요, 이곳은 에세이 클럽입니다

ㄴ 댓글 2: 질투심을 부러운 마음 그대로 인정하고 삶을 살아가는 다른 측면의 에너지로 삼을 수 있는 놀랍도록 의연한 모습이 참으로 부럽습니다.

ㄴ 댓글 3:

_____

기대하다

꿈꾸고 기대하며 나아가는 일

글쓰기는 과거를 기록하는 일이기도 하지만,

때로는 아직 오지 않은 날들로 향하는 문이기도 합니다.

우리가 '미래의 나'를 떠올리며 한 문장씩 써 내려갈 때,

그 문장 속에는 지금의 내가 꿈꾸고 바라는 삶이 담겨 있어요.

미래를 상상하며 쓰는 글은

내가 꿈꾸고 기대하는 삶을 미리 살아보는 일입니다.

아직 만나지 못한 내일의 나에게,

오늘의 내가 보내는 다정한 편지이기도 하고요.

이렇게 미래를 그려봐요

미래의 나에게 편지 쓰기

내가 바라는 하루의 모습을 시간대별로 그려보기

미래를 현실로 만들기 위해 오늘 실천할 한 가지 기록하기

진짜 타임머신을 타는 법

황지현

한 줄 에필로그

어쩌면 오늘의 이 기록이 미래의 내가 탈 수 있는 진짜 타임머신일 지도.

내가 꾸는 꿈. 미래에 그 꿈은 과연 이루어져 있을까? 궁금하다. 가보 고 싶다. 타임머신을 타고 미래로 가보고 싶다.

10대 후반의 고등학교 시절, 그 시절에도 미래에 관한 상상을 하곤 했 다. 무슨 대학교에서 어떤 공부를 하고 있을지 궁금했다. 과연 원하는 대 학, 원하는 학과로 진학해서 즐거운 캠퍼스 생활을 즐기고 있을까? 당시 에는(지금도 마찬가지지만) 타임머신을 탈 수 있는 과학기술은 발달하지 않았기에 그저 상상으로만 그쳤다. 그 상상 여행은 다이어리에 고스란히 기록되어 있었고 미래로 여행을 떠난 나는 아주 행복해 보였다. 상상 속에서나마 멋진 캠퍼스 생활을 신나게 즐기는 중일 테니 말이다.

'미래'에 관한 이야기를 하려 했는데 갑자기 20년 전 '과거'를 이야기하고 있다. 과거의 나에겐 지금의 내가 미래의 나일 테니 어느 정도는 통하는 이야기라고 하자.

이번엔 10년 전이다. 20대 후반이었던 나 역시 10대 후반이었던 나처럼 또 미래를 향해 행복한 상상 여행을 떠나고 있었다. '타임머신을 타고 미래로 간다면, 언제 어디로?'라는 주제로 썼던 글이 있다. 블로그에 꾸준히 일상을 기록하고 있던 때에 블로그에서 반짝 던져준 주제였다. '타임머신을 타고 미래로 간다?' 재미있는 주제라고 생각했다. 주제에 혹해 글을 썼다.

아이를 낳기 전, 결혼도 하기 전에 쓴 글이다.

1. 나의 결혼식

그리 멀지 않은 미래일 것 같다. 27살인 나는 조만간 한 남자와 결혼해 가정을 꾸리게 되겠지. 어떤 남자와? 지금 내 옆에 있는 남자일 거라 생각은 하지만 그래도 궁금하다. 어떤 곳에서 어떤 드레스를 입고 어떤 기분으로 인생의 중요한 터닝포인트가 될 그날을 맞이하고 있을까? 또 어떤 친구들이 나의 새로운 시작을 축복해 주기 위해 함께 하고 있을까?

2. 나의 아가

나의 아가, 나와 남편의 한 부분을 쏙 빼닮은 아가. 결혼을 하고 새 가

어서 오세요, 이곳은 에세이 클럽입니다

정을 꾸리고 또 남편과 나를 닮은 아이를 낳게 되겠지. 이것도 그리 멀지 않은 미래이길 바란다. 어떤 부분을 닮았을까? 나의 키는 닮지 않았으면 좋겠는데. 웃음이 많은 긍정적인 아이로 자라났으면 한다. 아가가 태어나는 축복의 순간도 살짝 궁금하다. 물론 그때의 나는 매우 고통스러워하고 있겠지만. 얼마나 아플까? 아무튼 나는 내 아가의 모습이 아주 궁금하다.

3. 나의 마지막 순간
내 인생의 마지막. 그 모습은 어떨까? 사실 매우 두려운 여행일 것 같다, 이 미래 여행은. 이 세상에 자신이 원하는 것을 모두 이루고 후회 없이 눈을 감는 사람은 얼마나 될까? 그 소수에 내가 들어간다면 얼마나 좋을까? 내 마지막 순간을 상상하니 갑자기 겁이 난다.

타임머신은 실제 미래를 보여주기보다 내가 보고 싶은 미래를, 내가 가장 이상적으로 생각하는 미래를 보여주면 좋겠다. 그 미래를 믿고 인생을 늘 행복하게 살 수 있도록.
오늘 타임머신을 탈 수 있는 세 번의 기회를 모두 쓴 것 같다. 나의 결혼식은 누구보다 행복한 나의 날일 것이고, 나의 아가는 나와 남편의 좋은 부분만 쏙 빼닮은 우리가 너무너무 사랑할 아가일 것이며, 나의 마지막은 세상에 미련도 후회도 없는 행복한 마지막일 것이다.

오, 현재의 내가 과거의 나를 칭찬한다. 30대 후반의 지현이는 20대 후반의 지현이가 기특하다. 타임머신 탔었니, 혹시? 상상한 대로 나는 당시 옆에 있던 남자와 그해 겨울 결혼식을 올렸다. 그리고 나와 남편의 어떤 부분을 쏙 빼닮은 두 명의 아이와 함께 즐거운 하루하루를 보내고 있다. 그리고 나의 마지막 순간이라, 아직 그건 확인하지 못했다. 그 미래는 아직 미래로 존재하고 있다. 지금의 나도 알 수 없는 마지막 미래.

30대 후반의 지현이가 20대 후반의 지현이를 마주한 이 경험은 묘하고도 신선했다. 한 번 더 상상 여행을 떠나보려 한다. 인생의 마지막 순간처럼 너무 멀 것 같은 미래 말고 조금은 가까운 미래로 가봐야겠다. 40대 후반의 지현이가 그 상상을 모두 실현하고 30대 후반의 지현이를 칭찬할 수 있게 행복한 모습을 마구마구 떠올려 봐야겠다.

현재의 '나'는 행복할 '나'의 미래 모습을 떠올린다. 그리고 그 미래 모습은 그 순간의 '내'가 가장 바라는 모습이다. 10대 후반에는 원하는 진로를 이루어 낸 멋진 대학생의 모습을 바랐고, 20대 후반에는 당시 이루고 싶었던 행복한 가정의 아내이자 엄마의 모습을 바랐다. 그러면 지금은? 지금 바라는 미래의 내 모습은 30대 후반을 살고 있는 현재의 내가 가장 바라는 모습일 것이다.

가만히 눈을 감고 상상해 본다. 10년 뒤, 40대 후반에는 어떤 모습으로 살고 있으면 좋을까?

어서 오세요, 이곳은 에세이 클럽입니다

아침에 일어나 향긋한 커피를 내린다. 커피 향이 너무 좋다. 내가 이 집에서 가장 신경 써 고른 거실의 커다란 원목 식탁에 앉아 책을 읽으며 하루를 시작한다. 읽던 책을 아무렇게나 엎어놓고 방으로 간다. 간단한 샤워를 마치고 나와 집 앞에 주차해 둔 앙증맞은 미니카를 타고 마을 슈퍼에 들러 장을 본다. "좋은 아침." 나를 보고 반갑게 인사하는 동네 주민들과 가볍게 눈인사를 한 후, 집으로 돌아와 건강한 점심을 차려 먹고 서재로 올라가 노트북을 켠다. 따스한 음악과 함께 하는 햇살 가득한 오후이다.

상상만으로 마음이 따스해진다. 현재의 내가 가장 바라는 모습은 책을 읽고, 글을 쓰며, 여유를 즐기는 삶인가 보다. 40대 후반의 지현아, 제발 이렇게 지내고 있어 줘. 그리고 지금 쓴 이 글을 돌아보며, 30대 후반의 지현이를 기특해하길 바랄게.

오늘 과거로 떠나 10대 후반의 나를 만날 수 있었던 건 아기자기 꾸며 쓴 다이어리 덕분이었고, 20대 후반의 나를 마주할 수 있었던 건 오래전 블로그에 남겨둔 기록 덕분이었다. 그리고 지금, 30대 후반의 나는 10년 뒤를 상상하며 또 하나의 흔적을 남기고 있다. 이 흔적이 시간을 건너 '과거의 나'와 '미래의 나'를 만나게 할 타임머신이 되지 않을까. 어쩌면 오늘의 이 기록이 미래의 내가 탈 수 있는 진짜 타임머신일지도.

↳ 댓글 1: 오늘 우리가 쓰는 글이 미래이자 추억이 될 수 있음에 경이로움을 느끼며 펜을 들어 봅니다. 오늘도 함께 글을 써요.

↳ 댓글 2: 타임머신이 있다면 정말 좋을 것 같아요. 저도 작가님처럼 마지막 순간을 떠올려 봤어요. '이 세상을 행복하게 잘 살고 간다.'라는 말을 남기고 싶네요.

↳ 댓글 3: _____

어서 오세요, 이곳은 에세이 클럽입니다

보물찾기

민정하

한 줄 에필로그

이 순간, 써 내려가는 하나하나의 문장과 마음을 미래의 어느 순간
에 만날 수 있을 거라 믿어 본다.

어린 시절의 즐거운 일 중 하나는 보물찾기였다. 선생님께서 숨겨놓
은 사탕과 인형. 때로는 작은 지우개 하나가 다였지만, 그 순간만큼은
기대감에 마음이 들떴다. 사물함을 뒤지고, 교실 주변을 이리저리 살피
며 찾은 것은 단순한 보물이 아니었다. 그것은 무엇인가를 찾을 수 있을
거란 희망과 더불어 미래에 만날 행복이었다.

나는 미래를 세상이 나를 위해 숨겨둔 귀한 것들이라고 믿었다. 시간
이 흐르면 자연스럽게 하나씩 만날 수 있을 거라는 설렘이 늘 있었다.
그래서였을까. 어린 시절의 나는 늘 빨리 어른이 되고 싶었다. 그때 꿈
꾸던 모든 미래를 한 번에 펼쳐볼 수 있을 것 같았으니까.

막상 어른이 되어 만난 미래는 마냥 즐겁지만은 않았다. 즐거움보단 책임감이, 기대감보다 두려움이 앞서는 경우가 많았다. 아이를 위한 교육비 마련, 부부의 미래를 위해 투자한 주식 관리, 부모님 노후 생활 도움 등의 현실적이고 무거운 주제가 대부분이었다. 미래가 주는 부담감이 현실을 짓눌러 마음이 버거웠다.

퇴근 후, 피곤한 몸을 이끌고 침대에 누워 있다 보면 미래가 누구를 위한 것이길래 이렇게 아등바등 살아야 하는지 의문이 들 때도 있었다. 온전히 나의 미래에 대해 생각해 본 적은 있었을까? 나이가 들면 아이가 독립하고, 우리 부부는 시골로 내려가 주택을 지어 텃밭을 가꾸며 살겠지, 정도였다. 사실 딸아이가 어렸을 때는 육아로 바쁘다 보니 당장 내 일도 그럴 여유가 없었다. 시간이 흘러, 아이가 혼자 할 수 있는 일이 많아지면서 여유가 생기니 마음이 답답해졌다. 곁에서 흔히 보았던 선배들의 모습이 떠올랐다. 워킹맘으로, 부장 교사로 바쁜 일상을 보내며 부동산이나 주식 투자에 몰두하던 모습이 미래 같았다. 이미 정해진 삶이란 생각에 어느 순간부터는 생활이 무료하다는 느낌도 들었다. 나는 학교라는 강물 속에 박혀 있는 커다란 돌 같았다. 정해진 장소에 갇혀있으면서 시간은 그저 흐르는 물처럼 스쳐 지나가 버리는 삶.

어렸던 내가 보물찾기에서 힘들여 이곳저곳을 뒤질 수 있었던 것은 숨겨진 것이 무엇이든 찾을 수 있다는 믿음 때문이었다. 미래에서 찾고자 하는 것은 무엇인가?, 무엇이 되고 싶은가? 차분히 생각해 봤다. 직

어서 오세요, 이곳은 에세이 클럽입니다

업이 초등 교사다 보니 초등교육 전문가, 책 읽고 글 쓰는 것을 좋아하니 작가, 상담 심리 분야로 대학원을 졸업한 이력으로 상담교사도 좋을 것 같다. 그러다 식탁 건너편에서 매직 큐브를 만들기 위해 종이접기를 하는 딸이 보인다. 문득 이 아이 기억 속, 따뜻한 엄마가 되고 싶다는 생각이 든다. 아침 식사 후 나름 바쁜 아내를 위해 설거지를 마치고 출근하는 남편도 떠오른다. 저렇게 순한 사람 옆에 오래 있어 줄 수 있는 건강하고 다정한 반려가 되고 싶다는 생각도 든다. 결국 나의 미래는 가족과 함께이기에 의미가 있는 것이었다. 이런 미래는 그저 기다린다고 당연하게 오는 것은 아니다. 찾으러 가는 수고와 반드시 만날 수 있다는 믿음이 필요하다는 것을 안다.

보물찾기에서 가장 희열에 넘쳤던 순간은 숨겨진 선물을 찾았을 때지만, 그 기쁨은 채 한 시간을 가지 못했다. 대신 찾아다니는 동안 만나게 되는 소소한 기억들이 오랫동안 의미 있는 추억이 되기도 한다. 보물이라고 적힌 종이쪽지 두 개를 찾은 친구가 하나를 나누어 주었을 때 느꼈던 고마움, 갑자기 내린 비를 맞으며 좋다고 깔깔거리며 물장난을 치던 순간들, 선생님께서 숨겨둔 선물 대신 반짝이는 조약돌을 찾아 이름을 붙여 친구처럼 여기며 아껴주었던 일. 이런 것들이 내 곁에 와 준 작은 기쁨들이었다.

미래를 찾는 길에서는, 만날 수 있는 사소한 기쁨을 놓치지 않고 볼 수 있는 여유 또한 중요하다. 학창 시절, 방학을 며칠 앞두고 세웠던 계획표가 생각난다. 아침 6시부터 일어나 운동하고 책을 읽고 학원 가는 일정들로 빡빡했다. 또래 아이들이 지키기 어려운 일들만 잔뜩 적어놓고 2~3일은 열심히 지켰다. 그러다 여유 없는 일정에 결국 제풀에 나가떨어졌었다. 유연한 쉼이 있는 계획이었다면 나름대로 의미 있는 시간을 만들 수도 있었겠지만 그땐 결과에 너무 집중했었다. 목표를 찾아가는 과정을 즐길 수 있었더라면 미래를 좀 더 따뜻한 시선으로 들여다볼 수 있었을 것이다. 아쉬움이 많이 남는 어릴 적 추억이다. 다행히 지금은 글을 쓰면서 마음을 들여다보고, 현재를 다독인다. 쓰지 않았다면 몰랐을 마음들. 이 순간, 써 내려가는 하나하나의 문장과 마음을 미래의 어느 순간에 만날 수 있을 거라 믿어 본다.

이제 나만의 보물찾기는 일상의 소소한 행복을 누리는 것이다. 외국에 살다 보니 한국 음식을 먹을 수 있는 내일의 저녁 시간이 작은 행복이 되기도 한다. 매운 땡초 하나 쫑쫑 썰어 넣고, 두부와 된장을 넣은 칼칼한 된장찌개. 그렇게 만든 저녁 식탁에서 사랑하는 가족들이 둘러앉아 식사할 수 있는 미래 또한 멋지다. 다른 사람들의 반짝거리는 현재가 부러워 정작 내가 가진 소박한 행복을 외면한 것은 아닌지 미안한 마음이 드는 순간이다. 미래의 어느 시간에도 나는 책을 읽고 글을 쓰고 있을 것이다. 작지만, 소중한 것들의 특별함을 깨달으며 그렇게 글을 쓰고 있을 것이다.

↳ 댓글 1: 우리의 현재는 늘 미래와 연결 되어있는 것 같아요. 미래와 만나기 위해서는 지금, 이 순간이 소중하다는 교훈을 얻고 갑니다. 감사합니다~

↳ 댓글 2: 미래가 세상이 나를 위해 숨겨 둔 귀한 보물찾기로 여겨졌다는 말이 참 기분 좋게 해요. 일상의 보물들을 무엇 하나 허투루 흘리지 않고 찾아서 귀하게 담아내려 하는 마음이 따뜻하게 합니다.

↳ 댓글 3:

_____

미래를 꿈꾸는 일

전수민

한 줄 에필로그

미래를 꿈꾸는 건 돈을 들이지 않고도 행복해질 수 있는 가장 쉬운 방법이지 않을까.

어렸을 때는 미래를 꿈꾸며 살았다. 어떤 사람이 되고 싶은지 고민도 많았지만, 미래에 대한 궁금증과 기대가 현재를 열심히 살아가게 하는 원동력이 되었다. 그러나 자녀가 생긴 무렵부터 미래는 자취를 감추고 말았다. 현실을 사는 것만으로도 버거웠기 때문이다. 매일 생겨나는 집안일은 해도 해도 끝이 없었고, 육아 전쟁터를 벗어나기 어려웠다. 그곳엔 결혼을 선택해 받게 된 아내와 엄마의 의무만 존재했다. 그나마 아이들이 잘 자라면 자유로워질 수 있을 거라는, 그때가 되면 이런 힘든 삶을 보상받을 수 있을지도 모른다는 작은 희망, 그 정도만 남았다.

어서 오세요, 이곳은 에세이 클럽입니다

시간이 흐르며 아이들은 쑥쑥 자랐고, 나는 그만큼 아픈 곳이 하나, 둘 생기는 나이가 되었다. 노인이 되면 죽음을 기준으로 시간을 거꾸로 센다고들 하는데 내가 그랬다. 교직 인생 20년을 넘기면서 삶에서 남은 기간을 어떻게 잘 보낼 것인지에 대한 고민이 자연스럽게 찾아왔다. 1년 단위의 단기 계획은 퇴직 이후의 장기 계획으로 폭넓어졌다. 어떤 분야의 전문가가 되려면 최소한 1만 시간 정도의 훈련이 필요하다는 법칙대로 앞으로의 10년은 미래를 준비하는 시간으로 쓰고 싶었다. 희망퇴직 나이 D-10년 계획은 이렇게 시작되었다.

우선 어떤 목적 없이 시작했던 글쓰기를 멈추지 않았다. 스스로 만든 감옥에 갇힌 듯한 느낌이 들기도 했지만 계속하다 보면 길이 보일 거라는 생각이 들었다. 두 번째, 미술 감상 수업을 바꿔보고 싶어 명화 하브루타 수업을 시도했다. 자녀가 어렸을 때 진행했던 가족 독서 하브루타 경험만으로 시작한 무모한 도전이었다. 시행착오를 거치며 전문적인 교육의 필요성을 느끼고 하브루타 전문가 자격증을 땄다. 또한, 교사 모임 정회원 모집 공고를 보고 바로 가입했다. '성장'이라는 타이틀에 꽂히기도 했지만, 초중고를 넘나드는 인연과의 만남을 통해 새로운 자극을 받고 싶다는 생각이 더 컸다. 비록 온라인 모임이 대부분이었으나 이곳에서의 생활은 무언가 해보고 싶다는 의욕이 생기기에 충분했다. 주최하는 행사 중 참여할 수 있는 것은 거의 다 참여했다. 다 해낼 수 있을지에 대한 걱정은 나중에 하기로 하고 우선 뛰어들었다. 완성되지 않은 막연한 미래에 몸과 마음을 던졌다. 여러 가지 활동에 열심히 참여하다 보면 현재보다는 조금 더 성장해 있을 것이라는 희망을 품으면서 말이다.

그리고 1년 뒤, 미래의 나는 매달 책을 읽고 토론하며 사려 깊어졌다. 1일 1포 1년 개근상을 받았고, 브런치 스토리 크리에이터가 되었다. 출간은 아니지만 그림책을 만들었으며, 연수 강사로 데뷔했다. 나열만 하기도 숨이 벅찰 정도로 많은 것을 이룬 한 해였다. 미래를 그렸기에, 품었기에, 애쓰고 노력했기에 얻은 결과라고 생각한다.

지난 1년은 단기 미래라는 불빛에 겁 없이 뛰어들었던 불나방과 같았다. 이제는 조금 더 차분하고 정교하게 퇴직 이후의 삶을 그려본다. 교사를 그만두고 나면 무엇을 할 수 있을까? 사실 몇 년 전까지만 해도 미술 심리치료 상담소를 열고 싶다고 생각했었다. 하지만 누군가의 마음을 보듬을 수 있는 깜냥이 되지 않으며 자신의 심리치료가 더 시급한 사람임을 스스로 알게 되었다. 아픈 이의 마음을 치유할 수 있는 능력이 모자란다는 것까지도. 그렇다면 퇴직 이후 무엇을 할 수 있을까? 내 삶의 신조는 무엇인가? 미래에 대한 고민은 과거를 다시 돌아보게 했다. 그림 그리기를 좋아했던 한 아이가 예고와 미대, 대학원을 졸업하고 교사라는 직업에 종사하고 있다. 한마디로 요약하면 내 인생은 '미술과 함께한 삶'이다. 미술이라는 키워드를 빼고는 나를 말할 수 없다. 미술을 너무 사랑하고, 미술 교사라는 자부심이 매우 큰 사람이다. 그렇다면 미래에 무엇을 해야 행복할 것인가에 대한 답은 나온 것이나 마찬가지였

어서 오세요, 이곳은 에세이 클럽입니다

다. 퇴직 이후에도 미술 관련 일을 하고 싶다. 그 방법이 실기이든 이론 이든 상관없다. 사람들에게 '미술' 경험을 제공해 그들의 지친 삶을 위로 하고 행복을 느낄 수 있도록 돕고 싶다. 그리고 보니 다시 '미술을 통한 치료'로 돌아와 버린 자가당착에 빠졌다. 하지만 차이는 있다. 치료자가 되겠다는 오만을 내려놓고, 동반자가 되기로 했으니. 돌고 돌아 원점으로 온 것을 보면 내가 소망하는 미래의 모습은 '미술과 여전히 함께하는 삶'이 맞나 보다.

퇴직을 앞둔 선생님들께 하는 흔한 질문 중 하나가 "퇴직하면 뭐 하실 거예요?"이다. "꼭 뭘 그렇게 해야 해? 지금까지도 열심히 살았는데 이 젠 쉬어야지."라고 말하는 분도 많다. 맞는 말이다. 쉼이 마땅하다. 하지 만 나는 진정으로 하고 싶은 일을 하는 것이 휴식보다 더 필요한 사람인 지도 모르겠다. 좀 더 구체적인 미래를 그려보며 버킷리스트이자 계획 을 적어보았다.

1. 감동이 스며드는 수업으로 학생의 마음에 남는 미술 교사 되기
2. 명화 하브루타 소모임 만들어 운영해 보기
3. 하브루타 1급, 마스터 자격증 취득 후 교육연구원 되기
4. 그림책 작가 되기
5. 책 출간 10권 하기
6. 예술 · 교육 · 치유를 아우르는 '예술 통합 연구소' 설립하기

7. 작은 텃밭을 가꿀 수 있는 장소에서 4, 5, 6번의 꿈을 펼쳐보기

8. 아들과 딸이 건강한 어른으로 성장하도록 곁에서 돕기

9. 여행 많이 다니기

⋮

미래에 대한 글을 쓰고 있자니 가슴이 또 뛰기 시작한다. 벌써 다 이룬 것처럼 뿌듯해진 나를 발견한다. 미래를 꿈꾸는 건 돈을 들이지 않고도 행복해질 수 있는 가장 쉬운 방법이지 않을까.

↳ 댓글 1: 열정, 계획, 매일 해내는 실행력과 꾸준함, 그리고 미래를 기대하는 마음이 감탄과 두근거림을 줍니다. 옆에서 저도 그 에너지를 듬뿍 받고 싶어집니다.

↳ 댓글 2: 지친 삶을 위로하고 행복을 느낄 수 있는 미술과 함께하는 삶이란 상상만 해도 너무 멋진 거 같아요.

↳ 댓글 3:

_____

시간을 달려서 온 지금

서균화

한 줄 에필로그

애썼기에 굽이마다 예측하지 못한 삶의 선물들을 받았고, 애썼어도 굽이마다 놓치고 실패해서 질곡을 만들었다.

미래에 대해 글을 쓴다는 게 어렵다. 심지어 고통스럽다. 미래라는 주제가 왜 이렇게 힘들까? 막막할 때는 기본부터 시작하면 엉켜있던 게 풀리고 앞으로 나아갈 수 있다. 경험이 가르쳐 준 것 중 하나다. 기본부터 시작한다. 그런 의미에서 미래라는 단어에 대해 검색했다.

미래(未來)

1. 앞으로 올 때.

2. 언어 발화(發話) 순간이나 일정한 기준적 시간보다 나중에 오는 행동, 상태 따위를 나타내는 시제(時制).

유의어

내일, 뒷날, 앞

사전적 의미는 현재가 아닌 앞, 단순하게 보면 시제일뿐이다. 이러한 미래는 그냥 놔둬도 시간이 지나면 저절로 닿는다. 그러나 내게는 미래가 아무런 노력 없이 시간이 흐르기만 하면 닿아지는 곳이 아니라 '바라는 꿈'이나 '원하는 미래'로 읽힌다. 미래라는 단어는 '바라거나 실현하고 싶은 내일'이고, '그것을 위해서 노력하는 오늘'이다.

이렇게 쓰다 보니 알겠다. 현재 나의 상태는 '바라는 내일'에 대해 쓰기 힘들고 어렵다는 것을. 왜냐하면 내일은 결국 현재를 다르게 부르는 또 다른 이름이라는 걸 이제는 알기 때문이다. 미래를 꿈꾸려면 현재를 잘 보내야 하는데, 지금을 잘 보내고 있는지에 대해 이야기하자면 딱히 할 말이 없다.

어렸을 때는 열심히 살면 그 보상으로 바라는 삶이 주어질 것이라 믿었다. 그때 꿈이라는 것은 대학과 직업의 다른 말이었다. 10대와 20대의 꿈을 사회적 성취나 안정으로 보면 지금 나는 그럭저럭 꿈을 성취해서 안정적으로 살아가는 평범한 사람이다. 직업이 있고, 결혼도 했으며, 두 자녀가 있다. 이렇게 되기까지 제법 많이 애썼다. 그냥 놔둬도 흘러가는 게 미래라지만, 지금 지점은 저절로 닿아지진 않는 곳이라 생각한다.

어서 오세요, 이곳은 에세이 클럽입니다

사실, 현재의 모든 것은 과거의 결과이다. 그렇다면 지금의 내 삶은 과거를 제대로 보상하고 있는가? 10대와 20대 때, 무엇 하나 정해진 것 없는 상황에서 오는 혼란, 막막함, 불안함을 동여맨 채 구부러진 시간을 지나왔다. 때론 질주하고, 때론 구르고, 때론 멈춰 서기도 하면서 말이다. 그렇게 보낸 시간에 대한 보상으로 지금의 나는 괜찮은 걸까?

솔직히 말한다. 현재 상태는 애써 이룬 것보다 삶의 선물인 것들이 많다. 또한 애썼는데도 이루지 못한 것들의 집합이기도 하다. 애썼기에 굽이마다 예측하지 못한 삶의 선물들을 받았고, 애썼어도 굽이마다 놓치고 실패해서 질곡을 만들었다. 그 질곡들이 여기까지 흐르게 했다면, 삶은 노력의 보상인 걸까, 우연의 산물인 걸까?

현재 나는 겉으로 보면 안정된 사회인이다. 그런데 이 나이가 되어도 여전히 삶이 불안하게 요동치는 것 같다. 아이를 낳기 전에는 스스로 책임지기 위해 불안하고 요동쳤다면, 아이를 낳은 후에는 아이와 한 묶음이 되어 둘 다 잘 되어야만 진짜 잘 사는 삶처럼 느껴졌다. 아니, 남편까지 포함해 가족 전체가 하나로 굴비 꾸러미처럼 묶인 것 같았다. 아무리 그날 하루를 성실하게 잘 살아도 딸과 아들 그리고 남편이 하는 한 마디에 내 삶이 와르르 무너질 때도 많았다. 책을 읽고 배운 것은 도움이 되지 않았다. 각자 독립된 인격이고 객체라는 말, 나라고 모르겠는가! 그런데 감정이 제멋대로 움직이며 이성을 따르지 않았다.

어렸을 때 아이의 사랑스러움은 삶이 주는 보상이고 행복이며 선물이었다. 감사하고 즐거웠다. 정말 온 마음을 다해 두 아이에게 집중하고 정성을 다해 키웠다. 그런데 사춘기가 되니 아이들의 낯선 말과 행동은 앞으로 나아가지 못하게 하고 방향을 잃어버리게 했으며, 깊이 좌절시켰고, 지금도 넘어지게 한다.

관계는 내 뜻대로 되지 않는다. 노력할 수 있는 건 나와 관련된 것뿐인데, 그것조차 마음먹은 만큼 해내지 못하고 있다. 건강한 습관은 만들기는 어렵고 잊는 것은 빠르며 나쁜 습관은 금방 물든다. 지금 나는 사방이 막혀 고인 듯한 현재에 어떻게든 물이 흐르게 하기 위한 간헐적인 노력을 하고 있을 뿐이다. 삶은 현재 진행형이라 한다. 아직 온점을 찍지 않았다는 것이 위로를 줌과 동시에 온점을 찍는 순간에 더 가까워졌다는 것은 서글프다.

미래라는 주제에 이처럼 넋두리 같은 글을 쓰다니! 그러나 멀쩡하고 노력하는 것처럼 보여도 실상은 제대로 하지 못하는 나 같은 사람도 있지 않나 하며 이 글을 쓴다. 가장 애썼던 일이 좌절되다 보니, 노력만으로는 이룰 수 없다는 막연한 불안과 두려움이 미래에 대한 기대를 막는다. 그럼에도 나는 오늘도 넘어지며 산다. 부딪히고 울면서도 내일에 대한 가느다란 희망의 끈을 놓지 못한다. 무엇보다 나는 감사한다. 가장 근심하는 걱정이 이런 것들이어서 감사하다. 어떻게도 막을 수 없는 절망 같은 불행을 겪지 않아서, 이것만으로도 그저 감사할 뿐이다.

어서 오세요, 이곳은 에세이 클럽입니다

내가 바라는 미래를 마지막에 쓴다. 간절한 소망과 기도처럼 적는다. 내가 바라는 미래는 '건강한 관계를 맺으며 사는 삶'이다. 내가 나와 맺는 관계, 타인과 맺는 관계가 건강하고 친밀하길 원한다. 무엇보다 사랑하는 가족과 서로 유쾌하게 웃으며 대화하고, 사랑하며 살고 싶다. 또한 '몸과 맘과 영혼이 건강한 삶'을 바란다. 탄력적으로 회복하면서 유연하고 건강하게 사는 삶이길 원한다. 무엇을 하며 사느냐도 빼놓을 수 없겠다. 미래의 삶은 '읽고 쓰고 공유하며 나누는 삶'이길 바란다. 그 삶이 경제적 자유와도 연결되는 '경제적으로 건강한 삶'이었음 한다.

내가 바라는 미래의 키워드는 '함께 온전하고 건강하며 풍요로운 삶'인가 보다.

⌐ 댓글 1: 이제는 달리지 말고, 미래를 향해 산책하듯 걸어가 보는 건 어떨까요?

⌐ 댓글 2: 희로애락의 모든 순간을 충실하게 마주하며 마음을 쏟아 내시는 모습에 마음이 의연해집니다. 마침내 소중한 이들과 함께 만드는 미래를 꿈꾸는 지금, 충분히 아름다우십니다.

⌐ 댓글 3:
_____

평온한 하루하루

편희정

한 줄 에필로그

매 순간순간 매일매일 균형을 잡고 살았으면 좋았으련만, 직장을 가지고 나서부터 위(work)에 기울어진 삶을 살았으니, 정년 이후에는 라(life)에 힘을 기울여 살면 그 또한 내 인생에서 균형(balance)을 잡는 일이라고 생각한다.

오늘도 숙면했다.

렘수면 충분, 신체 회복 좋음. 깊은 수면 41분, 정신적 회복 매우 좋음. 수면 중 깨지 않음. 종합적으로 수면 점수 97점, 최고의 수면. 이제 스마트 워치로 수면의 질을 측정하지 않아도 저절로 떠진 눈으로 시계를 보면 안다. Am 06. 일어날까 말까 고민 없이 침대에서 쓱 나온다. 물을 끓인다. 눈뜨면 침대에서 바로 나올 수 있는 것은 숙면뿐만 아니라 차를 마실 생각에 설레기도 해서다. '설렘'이라는 단어와 느낌이 참 좋

어서 오세요, 이곳은 에세이 클럽입니다

다. 물이 끓는 동안 싱잉볼을 친다. 싱잉볼 주파수에 맞춰서 잠시 명상한다. 척추 사이사이를 늘이고 호흡 길을 만든다. 숨을 깊이 들어 마신다. 내쉰다. 들어 마신다. 내쉰다. 내 마음은 오늘도 이상 無.

따뜻한 차를 마신다. 남편은 항상 나보다 30분 먼저 일어난다. 맨발로 잔디를 밟으며 수도꼭지에 호수를 끼워 호수 입구를 쥐었다 폈다 분사하며 정원에 물을 준다. 그리고 아침에 먹을 샐러드용 채소를 조금씩 딴 후 이번엔 자신의 발에 물을 분사하여 발을 씻고 들어온다. 남편은 주방에서 난각번호 1번의 달걀을 삶고, 꿀이 박힌 사과를 깎는다. 나는 남편이 따온 초록 초록한 채소에 붉은 토마토를 넣고 엑스트라 버진 올리브오일과 12년산 발사믹 식초를 뿌린 샐러드를 만든다. 요거트 볼에 그릭요거트와 함께 아몬드, 해바라기씨, 호두, 잣, 캐슈넛 등 볶지 않은 생 견과류 한 줌을 넣는다. 함께 주방에서 여유롭고도 건강한 식단을 준비하는 아침 시간이 참 행복하다. 나는 이런 날을 꿈꾼다.

인생은 균형을 잡는 일이 매우 중요하다는 걸 깨닫는 요즘이다. 매 순간순간 매일매일 균형을 잡고 살았으면 좋았으련만, 서른 살 직장을 가지고 나서부터 워(work)에 기울어진 삶을 살았으니, 정년 이후에는 라(life)에 힘을 기울여 살면 그 또한 내 인생에서 균형(balance)을 잡는 일이라고 생각한다.

어렸을 때 수줍고 부끄러움이 많아 목소리도 작았고, 학급 앞에 서서 친구들에게 발표하는 것은 더욱 얼굴이 빨개지는 일이었다. 잠자리에 들면 이불킥을 하며 잠 못 이룰 만큼 편하지 않았다. 그런데 교사가 되어 항상 학급 앞에서 큰 목소리로 또박또박 전달력 있게 얘기해야 하는 일을 아주 즐기며 열정적으로 하고 있다. 수줍고 부끄럼타던 내 안에서 어떻게 그런 행동들이 자연스럽게 나올 수 있었는지, 그 당당함이 나에게 언제 자리 잡았는지. 그냥 해야 한다고 생각해서인지 하고 싶어서인지, 극복을 한 건지 나도 모르겠다. 그냥 천직이라고 생각하고 싶다. 일을 하면서 성장하고 있다는 것을 스스로 느꼈기에 보람되고 즐거웠다. 그렇게 일에 집중하다 보니 주말과 방학에도 업무 등을 할 때도 많아 제대로 쉬지 못해 번아웃이 오기 일쑤였다. 학교에서 에너지를 다 쓰고 집에 오면 방전이었다. 아들과 남편에게 시간과 에너지를 주지 못해 항상 미안한 마음이었다. 학교 교실과 실습실은 청소와 정리 정돈이 일상이었지만, 정작 우리 집의 청소 정리 정돈은 하지 못했다. 그렇게 내가 가진 한정적인 에너지를 나눠 쓰는 법을 몰랐다. 삶의 균형을 맞추기가 잘 되지 않았다.

그러다 결국, 척추와 척추 사이가 좁아졌다. 그동안 열심히 달려온 나에게 이제 속도를 줄이라고 발을 걸어 넘어뜨린 건 허리디스크였다. 꼼짝을 할 수 없는 통증을 경험한 것은 충격적이었다. '나에게도 이런 일이.' 슈퍼 J에 가까운 나는, 내 계획에서 생각해 보지 않았던 예외 사항이 불쑥 끼어들어 와 몹시 당황스러웠다. 역시 고통의 경험은 사람을 겸손하게 만든다.

통증으로 몸을 움직일 수 없다는 상황은 가만히 누워 지난날을 돌이켜보게 했다. 일을 하면서 거절하지 못해 나 자신을 힘들게 했던 일들, 아들과 남편에게 소홀한 엄마와 아내 노릇들. 멈추고 나니 느껴지는 나의 부족함이 부끄러워 내 마음이 쪼그라들었다. 그런 마음을 치유해 보고자 상담도 받고, 미술 심리치료도 해보고, 마음 챙김 연수도 듣고, 비폭력 대화 책도 읽어보고, 보이차 마시기, 명상, 요가, 낭독 등 난 또 내가 가진 에너지를 마음 치유에 몰아 썼다. 참 못 말리는 '나'이다. 그렇게 동시다발적으로 많은 것을 하니 마음 치유에 관한 공통점이 보였다. '호흡'이었다. "척추 하나하나 바로 세웁니다.", "척추 사이사이를 길게 늘여주세요.", "척추 사이사이는 호흡 길입니다." 각각 요가, 명상, 낭독에서 듣는 말들이었다. 그동안 워커홀릭이었던 나에게 허리디스크라는 척추와 척추 사이가 좁아졌던 이유에 대한 깨달음이 왔다. 스트레스가 많았던 나에게 호흡하면서 복잡한 생각과 부정적인 생각을 떨쳐버리고 여유를 찾으라고 알려준 신호 같았다.

나는 내가 하는 일을 참 좋아했고 열정적으로 에너지를 쏟았다. 그래서 정년이든 명퇴이든 아쉬운 것도 없으니 미련 없이 출근하지 않아도 되는 평화롭고 편안한 아침을 꿈꾼다. 몸이 천근만근이지 않고 압박이 없는 기상 시간, 아침에 차를 마실 여유, 내 마음의 평화, 설레는 하루. 나는 그런 평온한 하루하루의 미래를 그려본다.

↳ 댓글 1: 얕은 숨을 몰아쉬며 달려온 단거리 달리기를 멈추고 몸과 마음의 여백을 채우는 깊은 호흡으로 장거리 달리기에 도전하려 합니다. 서두르지 않고 균형잡기, 잊지 않겠습니다.

↳ 댓글 2: 삶이 간단하지 않아서 가끔은 '성실'이라는 이름으로 때로는 '책임'이라는 이름으로 균형을 무너뜨리죠. 요가와 명상, 낭독에서 작가님만의 '라'를 잘 찾으신 것 같아요.

↳ 댓글 3:

어서 오세요, 이곳은 에세이 클럽입니다

꿈꾸며 기대하며

이영주

한 줄 에필로그

'기대'는 꿈의 또 다른 이름이다. 하나님의 기대 안에서 내가 꿈꾸지 못할 것이 무엇이겠는가? 우리 아이들이 이루지 못할 일이 무엇이겠는가?

"장래 희망이 무엇인가요?"

6학년 담임 선생님의 질문에 당황하여 있다가 한참 만에 쥐어짜 낸 답은 '현모양처'였다.

현모양처(賢母良妻). 어진 어머니, 착한 아내.

어린 시절 나에게 가장 의미 있는 존재는 '엄마'였고 어른이 되면 결혼해서 우리 엄마처럼 살림하며 아이들을 키우고 사는 것이 당연한 삶이라고 생각했었던 것 같다. 사실은 그 순간 더 멋진 직업 이름이 떠오르지 않았던 것이 주된 이유였을 것이다.

그런데 중학교 1학년 때 학교를 세워 후학을 양성하겠다는 친구가 있었다. 어떻게 그런 꿈을 꿀 수 있는지 놀라웠고, 한편으로는 내가 초라하게 느껴져서 부끄럽기도 했다. 그 친구가 꿈을 이루었는지 지금 어떻게 살고 있는지는 알지 못하지만, 당시의 나는 친구의 꿈이 위대하다고 생각했고 그런 꿈을 꿀 수 있다는 것만으로도 부러웠다.

둘째 아이를 낳고 육아휴직을 했을 때의 일이다. 첫째는 유모차에 태우고, 둘째는 등에 업은 채 아파트 단지를 산책하고 있었다.

'윙.'

아파트 스카이라인 너머 푸른 하늘로 비행기 한 대가 날아가고 있었다. 비행기의 흔적이 흰 구름이 되어 하늘 도화지 위에 그려졌다. 자유로워 보였다. 그때 문득 질문이 떠올랐다.

'저 파일럿은 왜 하늘 위에 있고, 나는 왜 하늘 아래에 있을까?'

그 파일럿은 언젠가 하늘을 날고 싶다는 꿈을 꾸었을 것이다. 사실 나는 하늘을 날고 싶다는 생각을 해본 적도, 꿈꿔본 적도 없다. 그러니 내가 파일럿이 되지 않은 것은 당연한 일이었다. 그날, 아이를 업고 비행기를 올려다보고 있는 내가 아주 작게 느껴졌다.

나의 부모님은 평생토록 자녀들을 극진히 사랑하시며 헌신하셨다. 그러나 부모님 자신도 '내일에 대한 기대'를 온전히 품기조차 어려울 만큼 힘겨운 삶을 살아오셨다. "네가 큰일을 할 거야.", "너는 소중한 사람이야.", "네 꿈을 펼쳐봐."라는 말은 나에게 매우 낯선 표현이었다. 초등학교 때의 나는 무엇이 되고 싶다든가 어떤 일을 해보고 싶다는 생각을 해본 적이 없었다. 기대를 받지 못했고, 꿈꿀 것도 없었다.

다행스럽게도 쌓아온 성실함 덕분에 나는 초등학교 교사가 되었고 두 아이의 엄마가 되었다. 학교의 아이들에게는 "꿈을 가져라. 꿈은 이루어진다."라며 열심히 가르쳤지만, 막상 나의 어린 두 아들들에게는 어떤 기대를 품어줘야 할지 막막하기만 했다.

'이 아이들은 어떤 꿈을 꾸며 살아갈까?'

미래 모습의 그림이 그려지지 않았다. 어린 엄마는 아이들의 미래에 대해 기대해 주지 못해 슬프고 미안했다.

성경에는 수많은 하나님의 기대와 꿈이 등장한다. 하나님은 아담에게 에덴동산을 맡기시며 동식물들의 이름을 짓게 하셨다. 자식이 없던 아브라함을 통해 이스라엘 민족뿐 아니라 모든 크리스천의 믿음의 조상이 되게 하셨다. 노예로 팔려 간 요셉은 이집트의 총리가 되어 기근으로부터 가족과 민족을 지키게 하셨다. 양을 지키던 다윗은 이스라엘의 왕이 되어 백성을 지키게 하셨고, 갈릴리의 작은 마을 어부였던 베드로는 예수님의 제자로 삼으시고 초대교회 지도자가 되어 사람을 낚는 어부가 되게 하셨다. 하나님은 성경 속의 인물들이 꿈을 꾸고 그 꿈을 이뤄가도록 약속의 말씀을 통해 인도하셨다.

창세기에서 하나님이 아브라함에게 하신 말씀은 나에게도 잊지 못할 약속의 말씀이 되었다.

「내가 너로 큰 민족이 되게 하고, 너에게 복을 주어서, 네가 크게 이름을 떨치게 하겠다. 너는 복의 근원이 될 것이다.」(표준새번역, 창세기 12장 2절)

여기서의 방점은 내가 부자가 된다거나 유명해진다는 데 있지 않다. 중요한 것은 하나님이 나를 '복의 근원'으로 삼으시고 기대해 주신 것이다.

'기대'는 꿈의 또 다른 이름이다. 하나님의 기대 안에서 내가 꿈꾸지 못할 것이 무엇이겠는가? 우리 아이들이 이루지 못할 일이 무엇이겠는가?

"장래 희망이 무엇인가요?"

호흡을 깊게 하고, 무한하신 하나님의 기대에 힘입어 미래를 상상하여 그려본다.

은퇴 후에는 사람의 마음을 위로하는 이야기, 자신의 가치를 찾아가는 이야기, 인간을 향한 하나님의 사랑 이야기를 전하는 동화 작가가 되어 있을 것이다.

그러나 혹시 유명해지거나 작가로 성공하지 못하더라도 실망하지는 않겠다. 대학교에서 장학금을 처음 받게 되었을 때 눈물로 기뻐해 주셨던 엄마, 누구를 만나든 "우리 막내가 선생이야."라며 자랑하셨던 아버지가 떠오른다. 비록 어린 시절에는 충분한 기대를 받지 못했지만, 그럼에도 생애 첫걸음마부터 성장의 순간마다 응원하고 기뻐해 주신 부모님께 나는 이미 자랑스러운 딸이었다. 아내의 글을 읽고 언제나 칭찬을 아끼지 않는 남편에게는 이미 인정받은 작가이고, "우리 엄마라면 이렇게 할 거야."라고 말해주는 아이들에게는 이미 나다움의 삶을 살고 있는 인생 선배이다. 무엇보다도 자신의 가치를 인정하고 미래를 기대하며 도전하는 인생을 살고 있으니, 그것만으로도 이미 충분히 훌륭한 미래를 만들어 가고 있다.

나에 대한 기대가 차오르니 아이들에 대한 기대도 함께 차오른다. 아이들의 꿈은 아이들의 몫이기에, 나는 엄마로서 아이들의 꿈을 기대하며 힘찬 응원을 보낸다. 아들들이 자신의 한계를 뛰어넘어 꿈꾸는 삶을 살아가기를 설레는 마음으로 기대한다.

그러고 보니, 어쩌면 지금의 이 마음이 그 옛날 꿈꾸었던 현모양처로 가는 한 걸음일지도 모르겠다.

> ↳ 댓글 1: 글을 읽으며 선생님의 꿈이 어떻게 펼쳐질지 상상의 나래를 펼치게 되네요. 선생님의 아름다운 동화를 함께 읽는 일이 벌써부터 기대됩니다.
>
> ↳ 댓글 2: 꿈꾸며 기대하는 일. 이루어질지어다. 예전에는 믿지 않았는데, 지금은 믿게 됐어요. 꿈꾸고 기대하는 일은 어떤 형태로든 이루어진다는 걸요(이루어지지 않아도, 내 안에 그 과정이 쌓여 나를 성장시키더라고요).
>
> ↳ 댓글 3: _____

꿈꾸는 만큼 다양해지는 삶

윤미영

한 줄 에필로그

우리는 꿈꾸는 만큼 다양해지는 존재다. 지금 내 현실의 밋밋함은 꿈을 통해 말랑말랑해지고 오동통하게 입체감을 띤다. 그러니 마음껏 자기 미래를 상상하며 글을 써보길 바란다.

　

오래도록 나는 과거에 머물러 있었다. 과거에 대한 글은 아무리 써내려 가도 끝나지 않았고 내 안에서 해결되지 않은 것들은 퍼내도 퍼내도 끝도 없이 샘솟는 샘물 같았다. 그땐 마치 보이지 않는 무언가에 발목이 잡혀 있는 듯했다. 앞을 향하지 못하고 언제나 뒤를 향한 내 시선과 생각이 답답했지만, 어떻게 벗어나야 할지 몰랐다. 그러던 중, 2024년 1월에 참여한 블로그 수업에서 비전 보드를 만드는 기회가 생겼다. 해마다 수업에서 학생들에게 꿈을 위한 만다라트를 쓰게 했었는데, 정작 나는 내 꿈을 기록해 본 적이 없다는 걸 그제야 깨달았다. 언젠가부터 작은 꿈, 안정적인 삶에 머물러 있었기에 꿈을 크게 그리는 일은 쉽지 않았다. 애써 비전 보드에 끄적거린 나의 목표들은 멀고도 막연해서 내 것이 아닌 것만 같았다. 그래도 과제를 해야 한다는 생각 하나로 억지로 쥐어짜며 하나하나 적었고, 거기엔 '에세이 출간', '베스트셀러와 스테디셀러 달성'이라는 오글거리고 쑥스러운 꿈이 담겼다.

지난해 봄, 그 꿈이 담긴 비전 보드를 담은 공저 원고를 출판사에 보냈다. 그러고는 바쁜 일상에 치여 내 글의 존재를 까맣게 잊고 지냈다. 늦은 가을이 되자 출판사에서 최종 완성된 『퓨처티처』라는 책을 보내주었다. 책을 읽다 보니 소름이 돋았다. 비전 보드에 그렸던 나의 꿈 중에서 가장 간절하게 원했던 '에세이 출간'이라는 꿈이 이미 이루어져 있었기 때문이다. 비전 보드를 작성하고 6개월 만인, 24년 7월에 실제로 나는 나의 첫 개인 저서를 출간해 냈다. 내가 상상하고 기록한 내용이 실제로 이루어졌다는 것, 그리고 그걸 기록을 통해 다시 확인하는 일은 정말 놀라운 경험이었다. 수많은 자기 계발서가 미래에 대해 생생하게 상상하고 그걸 글로 쓰면 이루어진다고 말했지만 솔직히 진짜로 믿어 본 적은 없었다. 오히려 그런 이야기를 들을 때마다 '말도 안 돼. 원래부터 특별한 사람들이었겠지.'라며 코웃음을 쳤다. 그런데 정말로 꿈꾸고 기록한 것이 현실이 되다니. 내가 그들 중 한 사람이 되다니 남들이 모르는 인생의 놀라운 비밀을 획득한 것 같았다. 이 경험 덕분에 나는 '미래를 생생하게 그리는 힘'에 대해 굳게 믿는 사람이 되었다.

내 삶이 매일 펼쳐지는 곳은 학교이다. 교사 탈출은 지능 순이라는 이야기가 있을 정도로 교직에서 허탈함을 느끼는 교사들이 많아지고 있다지만 교육자로서의 내 꿈은 여전히 크다. **10년 안에 학습과 삶, 진로를 아우르는 교육 전문가가 될 것이다. 학생뿐 아니라 학부모의 성장, 교사들의 내면적 성장을 돕는 교육 리더를 꿈꾼다.** 물론 지금의 나에게서 그런 엄청난 모습을 찾기는 쉽지 않다는 걸 안다. 그래도 수업과 학생에게 정성을 들이고 집중하는 날들은 차곡차곡 쌓일 것이다. 매일 숨 쉬듯이 읽은 책도 1년에 200권 이상씩 쌓이고 있다. 많은 책을 읽으며 다양한 삶을 품을 수 있는 넓은 그릇이 되겠다고 다짐했고 그 다짐을 실천하기 위해 하루도 빠짐없이 매일 읽는다. 그런 사소하고도 평범한 날들이 쌓여 훗날 어떤 모양이 될지는 아직 알 수 없다. 확실한 것은 나라는 사람은 내가 꿈꾸는 모양과 비슷해질 것이라는 점이다.

또 다른 꿈을 상상해 본다. 요즘 내가 그리는 새로운 꿈은 디지털노마드로 사는 것이다. 여기엔 일을 하지 않는 삶이 아니라 시간과 공간의 자유를 가지고 좋아하는 일을 하는 사람으로 살고 싶다는 열망이 담겨 있다. 그것이야말로 노년의 행복을 보장해 줄 수 있을 것만 같다. 여기서 확실하게 할 점은 내가 진짜 바라는 건 시간과 장소가 아니라 '언제 어디서든 나답게 살아가는 방식'에 있다는 것이다. 나이가 들어도 자신으로 살아가는 일이 더 또렷해지고 자기다운 새로움과 도전을 멈추지 않는 삶. 그것이 내가 믿는 성장이다. 부끄럽지만 나는 또 책에다 이 꿈을 남겨 보기로 한다. **나는 10년 뒤 부수입으로 월 천만 원 이상을 만들어 경제적 자유를 이루고 은퇴를 할 것이다.** 그 이후엔 건강한 몸으로 '걷고 달리며' 글을 쓰는 삶을 살아가고자 한다. 청소년과 부모, 교사들을 대상으로 읽고 쓰며 내면의 힘을 키우는 모임을 운영할 것이다. 내가 가진 작은 재능이라도 아낌없이 나누며 선한 영향력을 펼치는 사람으로 살아가고 싶다. 그 모임의 장소는 도심 속의 마당이 있는 북 스테이와 카페가 될 것이다. 안팎으로 자연적인 아름다움이 가득한 공간에서 좋아하는 이들과 읽고 쓰고 생각을 나누다 보면 매일 행복하진 않더라도 행복한 일은 매일 생겨날 것이라 굳게 믿는다. 에필로그 에세이 클럽은 그 꿈의 작은 시작이자 동력이다. 우리는 서로의 글을 읽고 응원하며 각자의 이야기를 책으로 만들어 나간다. 이 꿈을 상상하는 것만으로도 나는 가슴이 뛴다.

기록한 꿈은 현실이 된다는 믿음으로 나의 수많은 꿈 중에 일부를 글로 써 보았다. 이수진 작가님은 『밤호수의 에세이 클럽』에서 미래의 계획과 바람은 어쩌면 가장 '나다운 것'의 핵심일 수 있다고 썼다. 경험하지 못한 것들 속에 가장 나다움이 있다는 작가님의 글은 무척이나 신선했다. 우리는 꿈꾸는 만큼 다양해지는 존재다. 지금 내 현실의 밋밋함은 꿈을 통해 말랑말랑해지고 오동통하게 입체감을 띤다. 그러니 마음껏 자신의 미래를 상상하며 글을 써보길 바란다. 마음껏 상상하며 꿈을 쓰고 난 뒤에 해야 할 일도 물론 존재한다. 미래를 꿈꾸고 그것을 현실로 만드는 일은 결국 지금, 이 순간을 어떻게 살아내느냐에 달려 있기 때문이다. 오늘 내가 서 있는 자리에서 가치를 발견하고, 오늘을 정성껏 살아내는 일. 그것이야말로 내가 꿈꾸는 삶의 시작이자 완성이다.

> ↳ 댓글 1: 저 역시 꿈만 꾸다 작은 시작을 하고 그 꿈을 이루어 낸 경험이 있답니다. 함께 하는 이 글쓰기 모임도 그 작은 행동 중 하나이지요. 선생님의 새로운 꿈과 꿈을 향한 또 다른 시작도 함께 응원합니다!

> ↳ 댓글 2: 결국 미래는 지금의 순간들이 모여 만드는 것! 선물처럼 받은 오늘 하루를 소중하게 여기며 최선을 다해 행복하게 살아 보고 싶은 마음이 드는 글입니다.

> ↳ 댓글 3: _____

함께여서 가능했던 글쓰기

우리는 알면 알수록 서로 다르다.

쌓아온 경력, 사는 지역, 전공, 심지어 성씨까지 모두 다른 개성 넘치는 7인이다. 그런 우리가 2025년 열두 달 동안 오롯이 '글을 쓰는 마음'에 집중하며 함께 달려올 수 있었던 것은 생각하지 못했던 특별한 행운이었다. 44명으로 출발한 모임 회원 중에서 가장 끝까지 꾸준하게 해낸 7인이 남았고 그러하기에 서로에게 더욱 애틋하다.

우리는 글쓰기로 자신의 마음을 발견하고, 하루 한 줄 필사를 통해 저마다의 이야기를 풀어냈다. 각자의 삶을 돌아보며 배우고 가르치는 일의 의미를 되새겨 보았다. 일상의 키워드를 소재로 자신만의 통찰을 엮어냈다. 글을 쓰면서 품게 된 꿈과 미래에 대한 기대도 담아냈다. 혼자였다면 쉽지 않았을 여정이다. 함께였기에 가능했던 글쓰기 덕분에 우리는 특별한 행복을 누렸고, 한 단계 더 성장할 수 있었다. 책에 실지는 못했지만, 우리의 가슴을 울렸던 이야기들은 앞으로도 계속될 것이다.

글도 삶도 진정성이 있어야 한다. 진정 어린 마음이 통해야 글이든 삶이든 감동을 줄 수 있다. 나의 삶에 대한 글을 쓰면서 이 부분에 대한 고민을 많이 했다. 도전과 열정을 외치고 싶었지만 용감하게 선택하며 살아왔던가. 의로운 사랑을 노래하고 싶었지만 나는 순전한 사랑을 베푸는 사람이었는가. 나의 이상과 삶이 일치되지 못한 모습을 돌아보며, 부끄러운 마음을 고백해 본다. 그러나 그것으로 '멈춤'이 아니라, '새로운 시작'이 되어 가길 또한 기대한다.

이영주

함께 쓰는 시간을 통해 지금까지 올 수 있었다. 처음은 서툴지만, 서툶은 가능성의 다른 이름임을 알게 되었다. 함께 쓰는 시간은 글을 잘 쓰는 방법을 알려주진 않았다. 다만, 쓸 수 있는 용기, 그리고 쓰다 보면 조금 더 깊어지고 단단해지는 경험을 하게 했다. 앞으로 우리의 글쓰기가 어디로 흘러가든, 이 모임에서 나눈 시간만큼은 오래도록 각자의 삶을 비추는 빛으로 남을 것이라 여겨진다.

서균화

모두 맞았다. 글쓰기는 생각을 정리하여 마음을 안정시키고, 스스로 치유할 수 있으며 미래를 긍정하게 한다는 것과 또 하나는 함께하면 힘이 되고 오래 할 수 있다는 것을 몸소 경험하였다. 글쓰기가 처음인 나는 에필로그 덕분에 매일 필사와 단상 쓰기를 넘어, 일요일 새벽 6시에 모여서 그때마다 주어진 주제로 바로 글쓰기를 해냈다는 것이 스스로가 너무 자랑스럽다.

편희정

매주 일요일 새벽 6시, 나를 깨우는 힘은 알람 시계가 아니었다. 함께 모여 글을 쓴다는 모두의 마음이었다. 글쓰기를 사랑하는 사람들이 모인 환대의 광장에 나와 따뜻한 피드백을 받으며 응원과 지지의 힘을 경험했다. 글쓰기 근력은 날카로운 비평만으로는 늘기 어렵다는 것을 행복한 연대감 속에서 느끼는 날들이었다. 소모임 활동 의무였던 필사 미션은 이제 행복한 습관으로 자리 잡았으며, 필사를 통해 손끝에서 마음으로 전해졌던 좋은 문장들이 조금씩 체화되는 중이다. 이 애틋하고 소중한 모임을 이끌어 주시는 윤미영 팀장님께 감사함을 전하며 필사하는 글도 함께 쓰는 선생님들의 글도 모두가 나의 소중한 스승이었음을 고백한다.

전수민

누구나 쓸 수 있다고 말하지만, 쓰기 앞에서 자꾸 망설여지는 이들이 있다면 함께 걷고 싶었다. 글쓰기라는 이상하고도 아름다운 길을. 우리의 쓰는 시간은 서로를 향한 우정과 환대의 시간이었고, 그 다정하고 따뜻한 시간이 모임을 이끄는 힘이자 계속 읽고 쓰고 나아가는 동력이었다. 자기 삶을 기록하고 안전하게 나누는 시간 속에서 우리는 서로의 이야기를 통해 한 뼘 더 자랐다. 완벽하지 않은 글이어도 괜찮다. 우리들의 삶은 완벽하지 않지만 아름답다. 이 책이 우리의 시작이자 계속되는 삶이라면, 여러분들에게는 또 다른 이야기를 여는 시작이 되기를. 그 시작을 응원하는 다정한 안내서가 되기를 바란다.

윤미영

아침에 책을 읽고 글을 쓰는 일이 일상이 되었다. 쓰고 싶다는 욕망을 성실하게 풀어내는 중이다. 기도와 명상으로 내면을 깊이 바라보는 힘을 키우고, 글을 쓰며 번뇌와 욕심을 비우고 있다. 소중한 벗들과 함께 글을 쓰며 얻는 충만감으로 글을 쓸 용기, 계속 쓸 힘을 받고 있다. 글을 쓰고 나누는 이 순간, 주어지는 모든 것이 감사하다.

민정하

일요일 새벽 6시, 가족 모두가 잠들어 있는 시간. 조용히 일어나 오롯이 나에게 집중해 나를 써 보았다. 그렇게 '나'를 쓴 일곱 명이 한 권을 맺었다. 이 맺음은 끝이 아니라 새로운 시작이다. 우리가 맺은 에필로그는

어서 오세요, 이곳은 에세이 클럽입니다

다시 새로운 프롤로그로 이어진다. 함께 새벽을 열었던 우리의 에필로그는 새 아침을 맞아 각자의 빛을 머금고 찬란하게 빛날 것이라 믿는다.

황지현

우리의 '함께'가 담긴 첫 에세이는 첫사랑의 연인을 만난 듯 두근거리는 마음과 설렘을 담아냈다. 이제는 함께 쌓아온 힘으로 '또 다른 함께'를 만들어 가려 한다. 출간을 앞두고 한껏 들뜬 마음으로 애정 어린 독자들의 세 번째 댓글을 기다리고 있다. 글은 쓰고 싶지만, 망설이던 모두가 '나도 글 쓸 수 있겠다.'는 마음을 얻고 용기 내어 도전하기를 기대하며 '함께 쓰기'라는 세계로의 초대장을 보낸다.

함께 쓰기의 세계로 당신을 초대합니다.
어서 오세요.
이곳은 에세이 클럽입니다.